第七話
「未來與自己是可以改變的」
—Last Regret—

第七話「未來與自己是可以改變的」

—— Last Regret ——

那間非常小的演藝經紀公司就位在城市裡的某個角落。

在民營鐵路的車站前方，有一棟毫無疑問是在昭和時代建成的狹窄住商大樓。外牆上都是可疑店家的看板，而那間經紀公司就位在三樓。

只要來到狹窄的梯廳——

「有栖川演藝經紀公司」。

就能看到掛著寫有這行文字的小型公司名牌，接著再走過那扇門，就能來到一個把會客室與辦公室結合起來的房間。

隔壁還有一個用毛玻璃窗隔起來的房間，掛著寫有「總經理室」的名牌。

就在這間會客室裡面——

「哎呀～～玲依，每次聽她唱歌都覺得很好聽呢。」

一名穿著鮮紅色窄裙套裝的女子這麼評論——這位總經理號稱年過四十，外表卻比實際年齡年輕許多。

「不管聽幾次都一樣好聽呢！」

隸屬於這間演藝經紀公司的十五歲女高中生這麼回答。

這位名叫玲依的女高中生，穿著右胸口的巨大藍色緞帶很醒目的白色連身裙制服，用髮箍固定住及腰的黑色長髮。

總經理與玲依並肩坐在會客室的沙發上，看著掛在經紀公司牆上的普通尺寸電視。

長方形的電視螢幕中——有一位三十多歲的女歌手，歌曲的間奏才剛結束，她正要開始唱第二段的主歌。

這位歌手跟樂團一起站在舞台上，一身像是居家服的牛仔褲與連帽衣的休閒打扮，一頭黑色短髮，臉上掛著溫和的笑容——輕聲唱著慢節奏的抒情歌。

略為低沉的悅耳歌聲在屋子裡迴盪——最後她又唱了一次副歌，整首歌就結束了。

歌手露出笑容，對著觀眾深深一鞠躬，頭低得幾乎要露出背後。歌唱節目到此結束，進入廣告時間。總經理拿起遙控器關掉電視。

「感動人心耶……不愧是國民歌后井龍今日子。」

「真的唱得很有感情……」

「妳知道今日子出道成為歌手的原因嗎?還記得嗎?」

「當然!雖然她一直想成為歌手,很努力練習唱歌,卻又覺得自己辦不到而放棄,遲遲沒有付諸行動。後來,她在大學被男朋友狠狠甩掉,變得自暴自棄,沒有喝酒就獨自跑到車站前面瘋狂唱歌,結果被現在的製作人看上了!」

「沒錯,就是這樣。結果她在二十二歲之後才出道,轉眼間就成為當紅歌手,在後來的十五年之間不斷唱出熱門歌曲……至今依然開心地當著歌手。她也有許多女粉絲,可說是理想的歌后。玲依,妳要把她當成自己的目標喔!」

「當然!井龍今日子一直都是我的偶像!我要以她為目標!夢想就該越大越好!」

「那妳要加油喔!妳知道嗎?每次只要唱完歌,今日子絕對會深深一鞠躬,為聽眾獻上最敬禮!」

「聽說她剛出道的時候就有這個習慣了。她真的很有禮貌,我覺得這樣很棒!」

「妳記得真清楚!玲依,妳以後上台表演的時候要不要也學她這麼做?」

「可是……別人不會覺得我是在模仿她嗎？的確就是在模仿啦！」

「妳放心！我讓這件事變成是她在模仿妳！」

「這樣太亂來了！」

「先說先贏！」

「那我以後就這麼做吧！下次接到唱歌的工作，我就要開始這麼做！」

「很好！放手去做！我會到處告訴別人妳不是在模仿井龍今日子，雪野玲依才是原創者！」

當她們兩人在會客室裡嘻笑喧鬧時，有一名男子走進這間經紀公司。

他穿著黑色西裝，身高大約一百五十五公分，以男人而言算是相當嬌小。他有一頭很有特色的純白短髮，還有一雙圓滾滾的大眼睛，看起來就像是一位外國少年。

「歡迎回來。因幡先生，我馬上去幫你泡咖啡。」

玲依起身離開沙發，走向擺在牆邊的咖啡機。她拿出包裝袋裡的咖啡豆，放到咖啡機裡面，接著把水倒進水箱，最後按下電源開關。

「歡迎回來。因幡，你有幫玲依接到工作嗎？」

「接到了。」

因幡在總經理對面坐下，跟平常一樣擺著臭臉，簡短地回答。

玲依站著等咖啡泡好，說了：

「我這次也會努力！因幡先生，我這次是要唱歌嗎？還是要演戲？」

「這個嘛，應該兩邊都要吧……」

「哦，很少看你回答得這麼不乾脆。是什麼樣的工作？」

總經理這麼問道。

「是一份奇怪的工作。」

聽到因幡這麼說，總經理立刻繼續問道：

「你有接過不奇怪的工作嗎？」

＊　＊　＊

黑色廂型車開上昏暗陡峭的上坡，從經紀公司大樓的地下停車場來到馬路上。

「喔喔，一模一樣。」

車子在馬路上行駛。

這裡是現代的日本，不管是路上的車子還是人們的穿著打扮，全都跟原本的世界一樣。唯一的差別只有時間。他們剛才在經紀公司的時候，還是夏天的傍晚時分，現在卻變成冬天晴朗的上午。

玲依坐在後座，詢問坐在駕駛座的因幡。

「這裡跟我們原本的世界那麼相似，該不會『其實有著某種非常巨大的差異』吧？比如說……這裡的居民全都是超能力者！不然就是整個國家都被傳送到異世界了！」

「沒那種事。這裡只是個非常相似的平行世界，而且差異小得讓人難以區別。不過，這兩個世界的時間倒是有段差距。」

「那麼，我有個問題從以前就放在心裡了……這就代表我們那個世界的居民也可能存在於這個世界吧……？」

「我無法斷言絕對存在，但當然有可能。不過年齡與性格或許不一樣。」

「那我們三個也可能存在於這個世界嗎！」

「或許吧。」

「而且年齡可能比我們大，也可能比我們小對吧！」

「沒錯。」

「啊，那如果我們碰面了，我該怎麼面對他們呢？」
「我們可以開始談工作的事情了嗎？」
「啊……好的。」

他們來到一間高中。

地點就在都市鬧區的某個角落。那是一間不輸給周圍的高樓大廈，校舍有如城堡般雄偉的高中。

現在還是上午，學生們順利度過第三學期的期中考最後一天，三五成群地帶著笑容走出校門。

兩名高中女生穿著褐色西裝外套與蘇格蘭裙，也就是這間高中的制服，站在大馬路旁邊的人行道上。

「優里，那女孩真的會來嗎？」

其中一名戴眼鏡的女孩向另一名長髮女孩這麼問道。

她那頭黑色長直髮披在背後，臉上有著顯眼的雀斑，個子嬌小，讓學校指定使用的書包顯得特別大。

「她會來！應該吧……」

這個名叫優里的少女說得很有信心，但又有些懷疑。

「『應該』啊……妳要不要主動聯絡她看看？」

「那女孩……好像沒有手機……」

「這個年代還沒有手機？她到底住在哪個世界啊？」

優里看向小巧的手錶，然後抬起頭。

「我不想讓妳陪我等人，我們今天還是——」

「不～～行！我要等！畢竟這關係到妳的人生！」

「那我們就再等一下——」

優里的話只說了一半。

「對不起！我遲到了！」

因為被玲依的聲音打斷了。

兩名女孩看向聲音傳來的地方，也就是這條大馬路的車道。

廂型車的後車門打開之後，穿著牛仔褲與絨毛外套，把長髮綁成一條麻花辮的玲依下車了。

然後，她沿著人行道跑了過來。

「抱歉，優里！對不起！因為路上塞車！」
玲依在優里面前停下腳步，握住她的手，還把臉靠過去。
同時，她用只有優里能聽見的聲音這麼說：
「我是妳請來的演員，我叫雪野玲依。麻煩妳配合我一下。」
「…………」
優里有一瞬間愣住了，但她很快就長長地呼了口氣。
「太好了……我先介紹我朋友給妳認識。」
她裝出一副若無其事的樣子，把玲依介紹給那位戴眼鏡的女孩，然後又向玲依介紹那位女孩。
眼鏡女孩開口：
「妳就是那位『超會唱歌的玲依』嗎？謝謝妳專程跑這一趟。」
「不不不！我這麼晚才來，真的很對不起！」
「既然連唱功一流的優里都稱讚妳，我想妳應該很會唱歌吧！我很期待喔！那我們現在就去卡拉ＯＫ吧！」

幾十分鐘前，在廂型車裡。

「玲依，我要妳扮演某個女高中生的朋友，跟她一起去卡拉ＯＫ。」

因幡在駕駛座上這麼說道。

玲依有一瞬間愣住了，但她很快就敲了一下手。

「我懂了……你當初說演戲與唱歌都要，原來就是這個意思。」

「就是這麼回事。我要妳扮演這次的客戶，也就是『戶田優里』這名高二女生的歌友。妳直接用雪野玲依這個名字就行了。在我的設定之中，妳們是在三年前透過卡拉ＯＫ公司的社群網站認識，會互相唱歌給對方聽，一起切磋唱功的朋友。這是妳們久違的第二次碰面。妳來自附近的縣市，詳細住址則是祕密。今天會住在東京的祖父母家裡。妳不會對她使用敬語，也都是直接叫她『優里』。千萬別忘記這些設定。」

玲依露出認真的表情，把這些設定又覆誦了一遍。

「我是『戶田優里』小姐的歌友，直接叫她『優里』就行了。這是我們久違的第二次碰面，不需要使用敬語。我的詳細住址是祕密，今天要住在祖母家。我都記住了。」

「還有，我要妳在卡拉ＯＫ認真唱歌。妳要拿出真本事，讓在場的所有人都為之震撼，再也不敢拿起麥克風。妳要當成是在舞台上獻唱的工作。不對——這確實是正式的工作。」

「好、好的……雪野玲依會認真唱歌！不過……你會告訴我理由吧？」

「嗯。不過這件事說起來有些複雜。」

玲依在唱歌。

她們來到車站前的一棟細長型大樓，在這間卡拉ＯＫ裡開了一個包廂。這是較為寬敞，還設有歌唱舞台的包廂。

「嗚哇……」

眼鏡女孩鏡片底下的瞳孔放大。

「好厲害……」

優里的視線與耳朵也被緊緊抓住。

玲依唱的是一首昭和時代的名曲。

這首歌至今依然有許多歌手翻唱，所以完全不會讓人覺得過時，是這個世界的女高中生也都聽過的歌曲。

玲依遵照因幡的吩咐，完全沒有手下留情。她從第一首歌就火力全開，表情超級認真，看起來就像專注力之鬼，完美地唱著歌。

然後她唱完了。

「謝謝妳們聽到最後！」

玲依站在舞台上，對觀眾深深一鞠躬，頭低得幾乎要露出背後。

眼鏡女孩一邊拍手，一邊看向坐在旁邊的優里。

「啊～嗯，我承認，這女孩很厲害，超會唱歌，根本就是專業歌手！」

「我就說吧……？所以——」

「可是，我覺得她並沒有比妳厲害！」

「咦？」

「優里，妳也唱吧！別輸給她了！」

「咦？」

眼鏡女孩看向玲依。

「玲依！妳唱得超棒！我很感動！可是，優里也很厲害喔！我想妳應該也知道吧！」

「啊，我知道！」

「很好，優里！換妳了！就唱妳最愛的那首歌！我先幫妳點！」

「咦？嗯……」

眼鏡女孩操控平板點歌機，優里也在她的鼓勵之下站了起來。

玲依想起因幡的指示。

「又可以現場聽優里唱歌了！我好感動！」

她一邊這樣演戲一邊走下舞台。

「這個名叫戶田優里的女孩，曾經想成為歌手。」

車子因為紅燈停了下來。因幡沒有回過頭，背對著玲依這麼說。

「你說『曾經』？」

「嗯，她一直想成為歌手，也為此做了許多練習，但最近開始對未來感到不安。」

「我懂了……你剛才說她是高中二年級生，那她明年就是考生了呢。」

「沒錯。儘管應該還有其他理由，總之就是她無法繼續保持那股『熱情』，所以她很乾脆地決定放棄了。可是——」

「可是什麼？」

綠燈亮了，廂型車再次開始前進。

「她有個朋友無法接受。」

「朋友嗎……什麼樣的朋友？」

「她們是就讀同一間高中的好朋友，經常一起唱卡拉ＯＫ。不，她們應該可以算摯友吧。那女孩知道戶田優里很會唱歌，相信她將來能成為歌手，也應該成為歌手，一直鼓勵她去做。知道她打算放棄夢想後，那女孩無法接受。」

「我覺得……這樣好像有點……不知該說溫柔，還是不負責任……」

「我想應該兩者都有。」

「那我就當作是這樣吧。請你繼續說下去。」

「戶田優里覺得很困擾，經過一番煩惱之後，她決定告訴這位朋友自己沒有成為歌手的實力、她認識了一個比自己更會唱歌的人，藉此說服朋友。」

「而那個人就是我……」

「沒錯。她說自己在網路上認識一個超級會唱歌的人。如果妳在卡拉ＯＫ拿出全力唱歌，她的朋友應該就會明白『人外有人，只有這種人有資格立志成為歌手』，贊成戶田優里放棄追夢的決定——這就是計畫。簡單來說，妳要用歌聲贏過戶田優里。」

「原來如此……這就是你要我從一開始就認真唱歌的原因。我現在完全懂了。這是個有點不可思議的工作，不過我會全力以赴的！」

「在我們抵達目的地前，妳先好好暖嗓吧。還有，要換的衣服我幫妳放在後面了。不管妳現在那身制服在這個世界是否存在，都會造成我們的困擾，我才會另外準備衣服。妳快點換上吧。」

「我明白了！」

玲依使勁拉上駕駛座與後座之間的簾子。

優里在唱歌。

她們依然待在車站前的細長型大樓，這間卡拉ＯＫ裡的同一個包廂。這是較為寬敞，還設有歌唱舞台的包廂。

「歌聲果然很棒……」

眼鏡女孩鏡片底下的瞳孔放大。

「好厲害……」

玲依的視線與耳朵也被緊緊抓住。

優里唱的是一首英文歌曲。那是一部電影的主題曲，由美國知名女歌手翻唱的男歌手的老歌。

優里憑著發音漂亮的英語，還有輕柔沉穩的歌聲，讓包廂裡的氣氛為之一變，聽眾的心靈沉靜下來，就像風平浪靜的大海。

「好厲害，這女孩太厲害了……」

玲依忍不住小聲這麼說，幸好誰也沒聽到這句話。

歌曲從間奏進到第二段的主歌，玲依看著優里用令人陶醉的美聲繼續歌唱，說了：

「因幡先生……你要我贏過這個人嗎？這是我遇過最困難的工作……」

時間來到傍晚時分。

玲依與優里一直輪流唱歌。因為這是工作，玲依拿出了真本事，努力不讓自己輸給優里。

至於優里——

「繼續唱！就是這樣！好厲害！妳果然是最棒的！」

則是跟往常一樣，一直被不唱歌的眼鏡女孩鼓勵吹捧。

而且——

「雙人合唱吧！我想聽妳們合唱！」

眼鏡女孩還擅自點了歌曲，讓她們兩個一起唱。

時間轉眼間就過去，冬天的太陽也快下山了。

「可惡！我得快去吃晚餐，然後趕去補習班上課！我不能再待下去了！我好想繼續聽妳們兩個唱歌喔！」

眼鏡女孩看著時鐘這麼說。

「那……我們就到此為止吧。我唱得非常開心。」

聽到優里這麼說，玲依也只能聽從。

當三人都起身準備離開包廂時，眼鏡女孩瞪著優里這麼說：

「玲依確實很會唱歌！唱功好到不行！可是就算這樣，也不構成妳放棄當歌手的理由！因為妳們又不是同一個人！只要妳們都成為歌手就行了！」

「…………」

突然聽到朋友這麼說，優里停下腳步沉默不語。

「這次的工作……我好像失敗了……」

玲依在她身後露出苦瓜臉，小聲嘀咕。

眼鏡女孩的家與車站反方向，所以她先離開了。

「那個……優里小姐……」

玲依怯生生地從優里的背後搭話，使得她甩動一頭長髮轉過身來。還沒看到她的表情，玲依就深深地低頭道歉。

「今天真的很抱歉。是我能力不足，沒能完成妳委託的工作……」

她抬起頭，發現優里面帶笑容。

「妳別這麼說，我不會忘記今天發生的事。我——決定了，我要再努力一次看看。我要準備考試，也要繼續唱歌，就算考上大學，也要慢慢追求成為歌手的夢想。」

「咦……？」

「然後，我想跟妳一樣，成為一位能感動別人的歌手。希望將來還有機會跟妳站上同一個舞台。妳每次唱完歌，都會對觀眾深深一鞠躬，這個習慣真的很棒。我以後也能學妳這麼做嗎？因為我不想忘記今天發生的事。」

「…………」

玲依的表情完全僵住，過了幾秒才慢慢變成笑容。

「好的！請妳加油！我會支持妳！」

「謝謝妳。請妳幫我向因幡先生——那個不可思議的人轉達一聲。難得他願意聆聽我的請求，我卻改變心意，真的很對不起。」

「我明白了，我會轉告他的。」

玲依點了頭，優里也模仿剛才的玲依，對她深深低頭鞠躬。

那頭長髮垂到她的臉前面，在她抬起頭時蓋在臉上。

「唉……我是不是該把這頭長髮剪掉呢……我之前就有這個打算了。」

優里笑著這麼說，玲依回答：

「我覺得妳剪短髮也會很好看！」

＊　＊　＊

「妳回來啦～～！玲依！工作還順利嗎？」

「其實……我這次的工作失敗了……雖然發生了許多事，讓我現在心情非

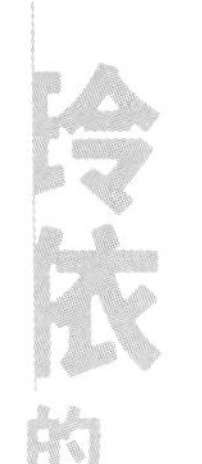

常好……不過失敗就是失敗……！」

「是喔？那妳可以詳細說來聽聽嗎？因幡還沒回來嗎？好，那我幫妳泡杯咖啡吧！」

「我來泡就行了！」

「妳不需要跟我客氣！給我乖乖坐在那邊就好！我要聽妳的報告！」

玲依穿著制服回到經紀公司後，就被總經理逼著坐在沙發上，說出剛才在平行世界發生的一切。

就在這段期間，因幡晚了一些也回來了。後來總經理泡好咖啡，倒進他們各自愛用的杯子裡，然後把杯子擺在桌上。

玲依沒有伸手去拿，而是默默注視著冒出熱氣的黑色液體。

「原來是這樣啊。」

總經理坐在玲依對面，喝了兩口咖啡。

「因幡，儘管我早就知道了，不過你還真是壞心眼呢——你是不是沒有告訴玲依真相？你應該有所隱瞞吧？」

「啊？」

玲依抬起頭來。

然後，她看向靠在牆邊喝咖啡的因幡。

「嗯，我只是覺得沒必要告訴她。」

玲依聽到他這麼說。

「什麼？」

這才確信總經理說的話是對的。

「等等——因幡先生！我被騙了嗎？」

「對。」

「你承認得太乾脆了！」

「不過，事到如今告訴妳真相也沒差，反正結果不會改變了。妳想知道真相嗎？」

「當然想！請你務必告訴我！」

因幡慢慢喝完咖啡後開口：

「玲依，妳順利完成這次的工作了。」

「怎麼說呢……？」

「因為『讓戶田優里不放棄成為歌手』，才是我這次真正接下的工作。」

「咦？」

玲依納悶地歪著頭，甚至連她眼中的世界都傾斜了。

「請等一下，那我們……這次的……客戶到底是誰？」

「喔，玲依！妳發現重點了！」

總經理在旁邊起鬨。

「就是戶田優里本人。」

因幡這麼回答。

然而，他很快就繼續說下去。

「不過，是另一個世界的戶田優里。」

「另一個世界的她……？」

「沒錯，我還是頭一次遇到這種案例——我見到某個平行世界的戶田優里，而那個世界的時間比這裡快上許多，她已經是個白髮蒼蒼的老人。丈夫早就過世，她也沒有孩子，只能獨自住在養老院。而她相信我擁有前往平行世界的能力。」

「然後呢……？」

「她在年輕時放棄了想成為歌手的夢想。她成了一個普通的上班族，跟溫柔的丈夫結婚，過著自由自在的人生——卻一直活在後悔之中。」

「原來是這麼回事～～我完全明白了。」

總經理拿起咖啡杯，露出滿意的笑容。

玲依還是聽不懂，只能納悶地歪著頭。

「……因幡先生，結果那位戶田優里老奶奶要你幫她做什麼事呢？」

「她要我『幫忙改變另一個自己的未來』。」

「什麼意思？」

「她認為在某個平行世界裡，應該還存在著沒放棄成為歌手的自己，就算只有一個人也好，希望我能找出那樣的『戶田優里』，讓她別放棄追求夢想——這就是我接到的工作，而報酬是她那筆無人能繼承的財產。」

「原來……我明白了……！」

玲依點了頭。因幡靜靜俯視她的臉，繼續說下去：

「後來，我前往許多不同的平行世界，看過『那些世界的戶田優里』年輕的時候——」

因幡突然閉口不語。

「快點說啦。」

總經理催他繼續說下去。

「我馬上就發現這份工作很有難度。說起來，絕大多數的戶田優里都不是認真想成為歌手，也有許多戶田優里早就完全放棄夢想，無論如何都不會回心轉意。也有某些平行世界，戶田優里早就死於意外或疾病，這也無可奈何。我還遇過年輕時就犯罪，人還關在監獄裡的戶田優里。」

「天啊……」

「這讓我重新體認到一件事，想大幅改變別人的人生並不容易，也不實際。於是，我開始找尋只要讓玲依幫忙做出些許修正，就能讓她繼續以成為歌手為目標的世界。」

「結果你去了幾個世界找人？」

總經理這麼問道。

「天曉得，我連要計算都嫌累。我想用萬都不夠數了吧。」

因幡很乾脆地這麼回答。

就算因幡能在這個世界的一秒之內前往其他世界又回來，這依然是件苦差事。

「還真是……辛苦你了……」

說完，玲依低下頭。

「結果就是，我總算找到有機會改變她人生的世界了。」

「就是我剛才去過的那個世界……」

「沒錯。那個世界的戶田優里想成為歌手的決心很堅定，還為此付出許多努力，也得到了摯友的支持。不過，因為大考即將到來，讓她的決心大為動搖。要是放著不管，她應該早就放棄夢想了吧。」

「然後呢……？」

「我開始思考該怎麼改變她的人生，結果想到讓她本人與朋友聽妳唱歌這個辦法。我認為只要讓她親耳聽到歌喉一流的人唱歌，或是讓她與那種人一起唱歌，就能使她發憤圖強。於是，我主動跟那個世界的戶田優里接觸，假裝說要幫她放棄夢想，安排了這次的事情。」

「原來如此，我完全明白了。可是，你怎麼不早點告訴我……」

「那樣的話就等於違背了我在那個世界與戶田優里的約定，我只能同時欺騙妳們兩個。別怪我。不過，我也不覺得自己有錯就是了。」

「真是的！——但我原諒你！反正事情順利解決了！我應該沒說錯吧？」

「四年後，那女孩順利成為歌手了。我還有前往五年後、十年後與十五年後的那個世界查看，她在這段期間不斷唱紅許多歌曲，現在依然快樂地當著歌手。我已經把這個結果告訴客戶了。」

「太好了！」

「老實說，我本來覺得這次工作的成功率只有一半。」

「反正結果就是一切！我現在心情超棒的！」

玲依笑著拿起馬克杯，但她沒有喝下咖啡，而是讓黑色的水面輕輕搖晃，靜靜地看著。

總經理開口了。

「光是際遇稍有不同，人生與未來就會出現巨大的變化。如果你繼續找，應該還能找到更多這樣的世界吧。」

「我也這麼覺得。不過，我已經完成客戶委託的工作，所以不會繼續找下去。因為我也累了。就我所知，由於無法預期的事情讓她成為歌手的世界，只有兩個。」

「咦？剛才的世界是其中一個……那另一個呢？」

玲依抬起頭這麼問。

因幡露出由衷感到驚訝的表情。

「喔，怎麼，原來妳不知道啊……」

他先是這麼說，然後回答玲依的問題。

「就是這個世界。妳不認識井龍今日子這位歌手嗎？」

完

第八話
「為你站台」
—Money for Me!—

第八話「為你站台」

—Money for Me！—

那間非常小的演藝經紀公司就位在城市裡的某個角落。

在民營鐵路的車站前方，有一棟毫無疑問是在昭和時代建成的狹窄住商大樓。外牆上都是可疑店家的看板，而那間經紀公司就位在三樓。

只要來到狹窄的梯廳——

「有栖川演藝經紀公司」。

就能看到掛著寫有這行文字的小型公司名牌，接著再走過那扇門，就能來到一個把會客室與辦公室結合起來的房間。

隔壁還有一個用毛玻璃窗隔起來的房間，掛著寫有「總經理室」的名牌。

就在這間會客室裡面——

「工作當然要拿到錢才有意義，畢竟我們又不是做功德的。」

「就是說啊～～」

「所以，如果工作內容差不多，我們就要選擇願意付更多錢的客戶。」

「就是說啊～～」

兩個人面對面坐在沙發上，開心地聊著現實的話題。

一名女子穿著鮮紅色窄裙套裝——這位總經理號稱年過四十，外表卻比實際年齡年輕許多。

「總之就是要懂得精打細算～～」

她把雙手擺在桌上，做出算盤的整珠與撥珠動作。

「——對了，玲依，妳知道算盤是什麼東西嗎？」

「我知道！就是那種可以放在地板上滑行的東西對不對？」

隸屬於這間演藝經紀公司的十五歲女高中生這麼回答。這位名叫玲依的女高中生，穿著右胸口的巨大藍色緞帶很醒目的白色連身裙制服，用髮箍固定住及腰的黑色長髮。

「對，差不多就是那樣，而且那東西還能拿來算數喔——然後，就算酬勞比其他地方少，如果覺得『這份工作對未來有幫助』，有時也會接下來。」

「我明白。」

「所以，那些狡詐的客戶就會故意讓妳有所期待，告訴妳：『雖然這份工作的酬勞不高，卻是測試今後能否繼續合作的重要工作！』甚至會光明正大地要妳做白工！等到他們把妳利用完之後，就再也不會跟妳聯絡了。開什麼玩笑～～！說什麼狗屁未來都是騙人的！我就是在說那些可惡的電視台！妳的未來到底在哪裡啊！難不成是在其他世界嗎！」

玲依用雙手摀著耳朵這麼說：

「咦～～……我怎麼完全沒聽說。」

「算了，先不管那些常有的特例——」

玲依放開摀著耳朵的雙手問道：

「總經理，既然是常有的事，那就不算特例了吧？」

「反正妳先別管就是了～～！」

「好的。」

「雖然『工作』就是要為了賺錢不惜粉身碎骨，但妳要學會不露聲色！——啊，妳知道這個成語是什麼意思嗎？」

「我知道～～！生澀就是一種果實還沒成熟，難吃的味道！『不露生澀』就是要人『隱瞞真心話、不形於色』的一句成語！」

「咦？真的是這樣解釋的嗎？妳確定沒有搞錯？」

當總經理用力睜大眼睛時，經紀公司的門突然打開，一名男子走了進來。

他穿著黑色西裝，身高大約一百五十五公分，以男人而言算是相當嬌小。他有一頭很有特色的純白短髮，還有一雙圓滾滾的大眼睛，看起來就像是一位外國少年。

「我回來了。」

「歡迎回來。因幡，你有找到不會生澀的工作嗎？」

「啥？」

「呃——請問那是『可以賺到錢』的工作嗎？」

玲依問了這個不確定有沒有讓總經理的話更好懂的問題，起身離開沙發走向牆邊，準備幫因幡泡咖啡。

「我不知道妳們剛才在聊什麼，但答案當然是肯定的。畢竟我們可不是在做功德。」

因幡就跟往常一樣，臉上幾乎看不到任何感情，平靜地這麼回答。然後，他在玲依剛才坐的位子旁邊坐下，面對總經理。

「而且這份工作的酬勞也很豐厚。」

「幹得漂亮！那你們快去吧！」
「妳不問我工作內容嗎？」
「我想讓玲依同時告訴我內容與感想！」
「我明白了。玲依，我們走吧。」
因幡才坐了幾秒就立刻站起來。
「咦？那咖啡要怎麼辦？」
玲依站在才剛按下按鈕，正在磨碎咖啡豆的咖啡機前面這麼問。
「如果我們馬上出發，就能趕在咖啡泡好的時候回來。」
「啊，好的——不過，為了讓自己更有鬥志，我希望你先告訴我一件事！我們這次是要去異世界嗎？還是平行世界呢？是要唱歌還是要演戲？」
「我要帶妳前往平行世界，讓妳站在舞台上唱歌。那可是那個世界的日本人幾乎都會觀看的表演。」
「真、真是太棒了！那是類似紅白歌唱大賽的節目嗎？」
聽到玲依這麼問，因幡顯得有些困惑。
「……有點……不，我想應該差很多。我會在路上跟妳說明的。」

＊　＊　＊

「放眼望去的景色幾乎都一樣——不過那些海報到底是怎麼回事啊？」

一輛黃色的小型四輪驅動車穿梭在高樓林立的東京街道上。

因幡坐在駕駛座上，雙手握著方向盤；玲依坐在副駕駛座，對他問了這個問題。

城裡到處貼滿了海報。

那些海報有兩種，上面都是很大張的大頭照。

一種是有著藍色外框，中年男子面帶笑容的海報；另一種則是有著紅色外框，中年女子面帶笑容的海報。大頭照底下分別大大地寫著「鈴木權三郎」與「佐藤朋子」這兩個名字。

這些海報被貼在各種地方，就像紅軍與藍軍在搶地盤一樣。商店的牆壁與窗戶、電線桿，甚至連交通護欄上都貼滿海報。這幅景象無比雜亂，讓人懷疑沒貼海報的地方可能還比較少。

當他們出發離開原本的世界時，還是下著雨的夏天午後，但在這個平行世界則是晴朗的秋季早晨。因為太陽才剛升起，路上還很空曠，車子順暢地在四線道馬路上行駛。

「那些都是競選海報。」

因幡回答了她的問題。

「競選海報……那種東西可以貼這麼多嗎？」

「奇怪的事情妳倒是都會記得。沒錯，在我們的世界確實不能這麼做。」

「是啊，這裡是平行世界……也就是說，那些海報跟我們接下來的工作有關係是嗎？」

「妳猜對了。」

車子因為紅燈停了下來。

因幡被海報上的兩位男女從四面八方注視，開始說明這次工作的內容。

「那是日本國總統大選的競選海報。」

「原來是總統大選啊。」

「拜託妳別說得那麼理所當然，在我們的世界可沒有這種活動。」

「沒有嗎？」

「沒有。在這個平行世界，日本跟美國一樣都是總統制國家，每四年會舉辦一次盛大的選舉，讓國民直接選出國家的領導者。」

「所以那兩個人就是候選人嗎？」

「沒錯。他們分別隸屬於『日本共和黨』與『日本民主黨』這兩大政黨。明天星期二，是投票日。順便告訴妳，雖然今天是星期一，但昨天是文化之日，所以今天補假。」

「這樣啊。」

綠燈亮了，小型四輪驅動車很有精神地開始前進。

「因為模仿美國的總統大選，讓日本的總統大選也變得相當熱鬧。儘管幾乎一整年都有競選活動，重頭戲還是今天將舉辦的『選前造勢演講會』。」

「選前造勢演講會……這也是跟美國學來的嗎？」

「不，那是這個世界的日本獨創的活動。在投票日前一天，國立競技場都會設置能容納七萬人的舞台。」

「舞台！」

「兩位候選人的支持者會聚集在那裡，然後輪流上台演講。也會透過電視與廣播進行實況轉播。」

「什麼啊，原來不是要唱歌嗎？」

「不，就是要唱歌。」

「什麼？」

「這場『演講會』本來只有演講活動，雙方的支持者會輪流上台講述兩位候選人的優點──是非常嚴肅也很沉悶的活動。」

「現在不是這樣了嗎？」

「大約從三十年前開始，活動就漸漸變了。為了幫候選人造勢，不管是演員還是歌手，這個世界的日本知名藝人開始被找去站台。因為比起讓嚴肅的政治家幫忙拉票，把這種工作交給國民熟悉的藝人去做，更能讓不懂政治的民眾認識那些候選人。」

「原來如此！所以才要唱歌對吧！」

「沒錯。反正都讓歌手去幫忙站台了，就有人想順便請他們唱歌拉票，結果這種情況越來越嚴重。因為在某次選舉的時候，其中一個陣營拿出前所未有的豪華歌唱表演，結果竟然成功扭轉選前的民調，贏得最後的勝利。」

「是喔……」

「這種情況演變到最後，選前造勢演講會成了『日本最大的演唱會』。所有歌手都會被找去站台，加入其中一個陣營，在舞台上輪流歌唱。大家都說參與這場活動是『四年一次的榮耀，是在演藝界得到認可的證明』。還有人戲稱這場活動是『紅藍歌唱大賽』或『歌唱奧運』。」

「這樣啊……」

「不過，參加這場活動沒有報酬。」

「什麼？」

「因為公職人員選舉罷免法有規定，這種政治競選活動基本上不能有任何對價關係，頂多只能拿到便當錢與車馬費。」

「也就是無償嗎……所以那些歌手都是這兩個政黨的支持者嗎？」

「問得好，不過，答案是否定的。那種真心為了自己支持的政黨與候選人上台唱歌的偉大歌手幾乎不存在。因為不管是好是壞，這個世界的日本政局都很穩定，無論是誰當上總統，大家做的事其實都差不多。」

「那……？他們為什麼要幫忙站台——」

「妳是想問他們為何要無償表演嗎？」

「對。」

「第一個理由當然是政治壓力。這兩個無論如何都想贏得選舉的政黨，都會去接洽旗下有當紅歌手的演藝經紀公司，詢問是否願意支持該黨，還會承諾如果該黨的候選人當上總統，就會在國家級活動上與該經紀公司合作，也會在各種方面給予好處。」

「就是那種——『雖然沒有酬勞，但是對未來有幫助的工作』吧！」

「妳是在哪裡學到這種說法的？」

「剛剛學到的！在我們出門之前，總經理正在跟我聊這個話題！」

「原來如此。然後因為別無選擇，那些被要求當義工的音樂經紀公司只能派出歌手幫其中一個政黨站台。就算大家都說那是『在演藝界得到認可的證明』還是『四年一次的榮耀』，因為拿不到報酬，那些歌手都興致缺缺。另一個理由則是如果沒有出場，也會被其他同行當成白目的傢伙。因為大家都是勉為其難派出歌手，要是有人獨善其身，也會感受到來自同行的壓力。」

「是喔……」

「結果就是讓這場活動變得極為盛大。因為表演會從早上十點延續到晚上十點，上台表演的歌手非常多。當紅歌手就不用說了，許多新人也有機會上場，而且有些歌手是在這場活動出道。」

「原來如此！聽到這裡，我完全懂了！這次的工作就是要幫其中一個政黨唱歌拉票對吧！雖然我可能只是代替某位臨時無法出場或根本不想出場的歌手上台——但工作就是工作！舞台就是舞台！雪野玲依！會拚命唱歌的！」

當玲依大聲幫自己打氣時，眼前紅綠燈的黃燈亮了。
「不，妳錯了。」
因幡緩緩停下車子。
「咦？」
「如果只是幫忙代打這種單純的工作，這枝白羽箭就不會找上我們這種來自平行世界的人。客戶只需要讓這個世界的其他歌手上台表演就行了。」
「有道理……對了，因幡先生，『拿到白羽箭』原本是被選為犧牲品的意思，也就是壞事喔。」
「真虧妳知道這種事情……讓我佩服得傻眼。」
「唔！我可是會讀書的聰明女孩喔！」
「不過，要說『妳是犧牲品』其實也不見得是錯的。」
「『不見得』……是什麼東西見不得人啊？」
「妳真的聰明嗎？那我現在就告訴妳工作內容，千萬別記錯喔。畢竟失敗了可不能重來。」

「我是有栖川演藝經紀公司的因幡。這位就是我們的歌手雪野玲依。」

在國立競技場最大的一間地下休息室裡，因幡這麼介紹玲依。

離演講會開始還有三個小時。

這間有幾十位工作人員忙著準備的休息室，同時也是日本共和黨的競選總部，牆上充滿象徵該黨的紅色。

該黨的正式候選人佐藤朋子的競選海報也在牆上貼了一整排，給人一種有如複製人工廠的詭異感覺。

「我叫峰岸。」

一名穿著西裝的中年男子這麼答覆因幡。他的脖子上掛著工作人員ＩＤ卡，上面寫著「日本共和黨選前造勢演講會總監」這一長串頭銜。

峰岸定睛注視玲依。

「妳就是雪野玲依小姐嗎？嗯，很可愛，應該能引起不小的話題吧。那就萬事拜託了。」

「好的。請您多多指教！」

玲依低頭鞠躬之後，峰岸犀利地瞇起眼睛這麼說：

「畢竟我們的目標是贏得明天的選舉，妳只是為了幫日本共和黨拉票，還有讓佐藤朋子當上總統而唱歌。這點妳應該明白吧？不管妳現在有多興奮，都千萬不能忘記這個原則。」

峰岸這樣提醒玲依，而玲依也回他一個客套的笑容。

「我知道！老實說，我對選舉完全不感興趣，但為了提升自己的知名度，今天一定會誠心誠意地替貴黨與佐藤候選人站台！」

「哈！」

峰岸發出夾雜著輕蔑與尊敬的笑聲。

「妳說得這麼明白，讓我更欣賞妳了。如果妳今天表現得夠好，我們四年後還會再次用妳。」

「謝謝。如果四年後還會舉辦這種選前造勢演講會，請務必再找我！」

「哈！只要這個國家還在，這場活動就不會停辦。」

時間來到十點，不管是國立競技場還是電視台與廣播電台——

日本國總統大選的選前造勢演講會開始了。

電視轉播是由公共頻道與所有民營電視台一同進行。

因為建築物裡的休息室都客滿了，玲依只能在對方提供的小型露營車裡做準備。她換上平常那套白色舞台表演服，也化好妝後，就坐在沙發上看著小型電視的螢幕。不管她怎麼轉台，都只能看到鏡頭角度略微不同的舞台。

看起來很嚴肅的主持人穿著西裝站在舞台上——說出「這是基於總統選舉法舉辦的日本國總統選舉造勢演講會」這種嚴肅的開場白。

他還說了「根據事前抽籤的結果，今天將由日本民主黨的鈴木候選人這邊率先進行造勢演講」這段話——然後離開舞台。

搖滾樂團開始演奏。

玲依也認識這個樂團。就算在這個世界的日本，這個樂團也很受歡迎。從客滿的觀眾席傳來巨大的歡呼聲，連在露營車裡都聽得見。

「開始了。雙方陣營果然都是讓知名樂團打頭陣。玲依，妳上台的時間在狀況漸趨穩定的十一點四十分左右，十一點十分要過去準備。」

因幡悠閒地坐在露營車的駕駛座上，對她這樣交代。

「雖然沒有彩排就要直接上場，但我想應該不會有問題。反正妳的任務就只有站在舞台中央唱完一首歌，而且以前還在更多觀眾面前唱過歌。」

「是的！啊，我有個問題。」

「什麼問題？」

「我真的可以把今天要唱的這兩首歌拿來當成自己的出道曲嗎？這樣算是翻唱，我們有取得歌手本人的同意嗎？」

「對喔，我好像還沒告訴妳這件事。寫出這兩首歌的創作型歌手，並不存在於這個世界。」

「咦？那我今天就算唱了這兩首歌……」

「也能把這兩首歌當成妳作詞作曲的原創歌曲。」

「這兩首歌都很棒耶！就算在這個世界，應、應該也會賣翻天吧……？」

「確實很有可能，但我不想做那麼花時間的麻煩事。妳到底打算在這個世界待幾年啊？」

「說得也是……」

『大家好～～！很高興認識你們～～！』

螢幕上的玲依站在舞台上大喊。

觀眾們早就進入狀況，就算完全不認識玲依，也還是跟著炒熱氣氛，回給她熱烈的歡呼。

『謝謝大家！我身為一個大家都不認識的新人，卻突然出現在舞台上，真是不好意思！我叫雪野玲依！今天要來為我最喜歡的日本共和黨站台拉票！當然，我還沒有投票權，但我已經告訴家人，叫他們絕對要投給佐藤候選人！希望在座的所有成年人明天都能惠賜一票！』

現場再次發出歡呼。

「哦～這女孩很有魅力。更重要的是，她站在舞台上也不會怯場。」

在日本共和黨的競選總部裡，峰岸重重地坐在沙發上讓身體得以休息，也讓自己顯得尊爵不凡，看著牆上的螢幕這麼說。

揚聲器開始播放第一首歌的前奏。

『這是我的出道曲！希望大家都能聽聽！』

玲依開始歌唱，把在自己的世界廣為人知的不朽名曲當成自己的歌曲。

她那與體型完全不搭調的高亢歌聲傳遍整座國立競技場——下一瞬間，觀眾的歡呼聲讓空氣為之撼動。

螢幕上的玲依一直蹦蹦跳跳，唱歌的同時四處散播笑容與活力。

「哦，這女孩不但長得可愛，連唱功也是一流，而且這首歌肯定會紅。」

峰岸擺出高姿態對身旁的男祕書做出指示：
「四年後別忘了邀請這個女孩。」
『謝謝大家！我是雪野玲依！請大家務必支持日本共和黨！記得是要投票給佐藤候選人喔！千萬不能在選票寫上「雪野玲依」這個名字喔！』
現場響起頗熱烈的歡呼與掌聲，玲依也立刻退到舞台左邊。
她最後還在舞台邊緣對著觀眾深深一鞠躬。
「那麼～～！」
然後，她就這樣衝下布幕後方的昏暗樓梯，在舞台下的空間全速奔跑。目的地是舞台右邊。
『接下來是日本民主黨的造勢演講。根據我國的總統選舉法，本台會直接播放支持者的造勢演講。』
雖然幾乎沒有演講，女主播還是平靜地說出這樣的固定台詞。
然後，儘管舞台上一個人都沒有，現場依然開始播放歌曲的前奏。
接下來輪到誰了？

現場的幾萬名觀眾與全國數千萬名觀眾都注視著舞台。

「大家好～～！請大家多多指教～～！」

歌手從舞台右邊出場了。

一名年輕可愛的女歌手穿著白色表演服，用清晰高昂的聲音這麼大喊。

「我是新人雪野玲依！今天要來幫日本民主黨站台拉票！」

觀眾議論紛紛的聲音從揚聲器傳了出來。

「什麼！」

可是，峰岸沒能聽到那些聲音。

他猛然站起，幾乎要讓沙發倒向後方。

「這是怎麼回事！」

他對著祕書怒吼，但沒有得到解答。

歡呼聲平息下來，讓國立競技場裡只剩下議論紛紛的聲音。

「各位觀眾～～！你們現在一定很驚訝吧～～！我可以理解～～！完全可以理解～～！」

在秋季晴朗的天空下，玲依臉上的汗水與笑容綻放著光芒。

「畢竟我剛剛才幫敵對的日本共和黨站台歌唱！不過，現在我是這邊的支持者了！請大家支持日本民主黨，還有我們的鈴木候選人！因為——」

玲依停頓了一下，讓原本還在議論紛紛的群眾在一瞬間靜了下來。

「我要利用這次機會大炒知名度！所以我決定欺騙雙方陣營，同時幫雙方站台拉票！這招能讓我這個新人在全國爆紅，我們經紀公司的人也都非常開心！真的很感謝大家！希望各位四年後也務必邀請我來站台！不管是要我幫紅營還是藍營，我都非常樂意！反正這也不是什麼壞事！希望這種鬧劇可以一直繼續辦下去！那就請大家聽聽這首歌！為了讓自己出名，我會拚命唱歌的！」

＊　＊　＊

「歡迎回來～～！咖啡泡好了喔！就在剛才！時間抓得剛剛好！」

在經紀公司的會客室裡，總經理正忙著把熱咖啡倒進每個人的杯子。

「啊，這種事讓我來就行了！」

穿著制服的玲依從門邊衝過去。

「沒關係，反正都要倒好了！妳快坐下！工作回來應該都累了吧！」

然而總經理制止了她。

總經理端著咖啡回到沙發旁，把咖啡擺在桌上，在玲依對面坐了下來。

「好啦！告訴我發生了什麼事，玩得開不開心？」

總經理劈頭就說個不停，因幡比玲依晚了幾十秒走進公司。

「喔喔，歡迎回來，因幡，辛苦你了！我會按照原定計畫，讓玲依告訴我事情始末！」

「——事情就是這樣，我在舞台上大鬧了一場！感覺好痛快～～！」

玲依一口氣說出到幫日本民主黨站台為止的經過，擺在桌上的咖啡連一口都沒喝。

「不錯喔，想不到妳這麼帶種。我真想看看妳當時的表演。然後呢？觀眾有什麼反應？」

「觀眾的反應非常熱烈！比我唱第一首歌的時候還要興奮！」

「真的嗎？妳沒有加油添醋吧？」

總經理開心地歪著頭。

「真的啦～～！因幡先生，你說對不對？」

玲依也露出笑容，看向酷酷地站在牆邊喝咖啡的男子。

因幡這麼回答：

「是啊，那應該是當天表演的高潮吧。觀眾全都笑成一團，大聲喝采。我還用手機看了網路上的反應，網友留言多到根本看不完。當天最熱門的關鍵字是『雪野玲依』，『可愛的叛徒』與『白色刺客』這些關鍵字也很熱門。」

「哇～～！太厲害了！——玲依，那後來怎麼樣了？」

「嗯！當我唱完歌走下舞台，那些大人全都用可怕的表情瞪著我！」

在舞台左側的布幕後方，峰岸早就氣勢洶洶地站在那裡堵人了。他的臉紅得像是章魚，額頭上也爆出青筋。

他身旁還有一名中年女子同樣瞪著玲依。她脖子上掛著工作人員ＩＤ卡，上面寫有「日本民主黨選前造勢演講會總監」這個頭銜。

「這是怎麼回事！」

她先是對著因幡大吼，聲音大得連觀眾都有可能聽見，然後又轉頭質問站在身旁的峰岸。

「峰岸先生！你應該明白吧？雪野玲依是我們『拜託』來站台的歌手！而你竟然搶先一步派她上場表演！這是很嚴重的違規行為！」

「我們也是透過正規程序『邀請』她來站台！根本不知道你們也有『拜託』她！——喂，因幡！這是怎麼回事！你給我講清楚！」

因幡走到玲依面前，平靜地這麼說：

「嗯，那我就解釋給你們聽吧。我們同時接下你們雙方的邀請了。事情就是這麼簡單。」

峰岸發出緊咬牙關的聲音。

周圍的工作人員全都注視著因幡，就像被凍住了一樣。

「因幡……有栖川演藝經紀公司……別以為你們今後……還能在演藝圈，還能在這個世界混下去！」

「你現在是在威脅我嗎？我聽說政治家私底下都跟黑道有勾結，看來是真的呢。」

「你這傢伙……到底有何目的？想趁機報復候選人嗎？還是那些小黨指使你這麼做的？我知道了！你該不會是外國的間諜，想來搞亂日本的政局吧？」

「都不是。我們只是一間渴望知名度的弱小演藝經紀公司。那我們就先告辭了。」

因幡一個轉身，直接抓住玲依的手。

「呀啊！」

因幡硬拉著她衝過峰岸身旁。

然後他們衝下玲依剛才走過的樓梯，從舞台後方消失了。

「開什麼玩笑！」

峰岸追了過去。

「別讓他們逃走！」

他對著樓梯底下這麼大喊。一名工作人員立刻從樓梯底下探出頭，向峰岸問道：

「你是說誰啊？」

「就是剛才跑去你那邊的兩個騙子！」

年輕的男性工作人員由衷不解地問：

「咦？可是剛才根本沒人下來啊。」

「因幡先生，原來只要你想做，從任何地方都能回到原本的世界啊……我們剛才突然從樓梯跑到車子裡，而且在不知不覺間回到停車場。我甚至還自動換回制服了。」

玲依如此說道。

「雖然我做得到，但這樣很費工夫，其實我不是很想這麼做，直接死掉還比較輕鬆。反正就算我詳細解釋，妳應該也聽不懂，我就不說了。」

因幡平靜地這麼說。

「委託我們這份優質工作的客戶，就是那個世界的日本『音樂業界本身』對吧？我猜是所有演藝經紀公司聯合起來，拜託我們幫忙毀掉那場選前造勢演講會。」

聽到總經理這麼說，正要拿起咖啡杯的玲依嚇得停下手。

「原來妳知道嗎？我正打算接下來要說明呢。」

「我當然知道。那個世界的日本音樂界人士應該都很討厭那場活動吧？光是沒有酬勞這點就夠糟糕了。既然要僱用專業人士，就必須付錢，這不是小學就該學到的道理嗎？而且如果幫贏家站台，就會被人貼上奇怪的標籤；幫輸家站台，之後的立場也會變得尷尬。大家其實都不想讓自己的歌手去站台，但如果不派人去，又會被質疑在耍大牌。」

「好像是這樣。因幡先生也是這麼告訴我的。」

「所以，他們才會找上不隸屬於任何經紀公司的你們，拜託你們毀掉那場活動。那客戶滿意你們的表現嗎？」

聽到總經理這麼問，因幡回答：

「還算滿意。據說他們還多了個潛規則，決定今後要讓『雪野玲依』這個藝名『光榮退休』。」

「哇哈哈——那你有告訴他們，你們是來自平行世界的人嗎？」

「沒有，因為我覺得他們不會相信。不過，我告訴他們『只要能拿到天價酬勞，我們願意從此退隱，在這次的活動大鬧一場』，他們就相信我了。」

「原來如此！那後來怎麼樣了？既然你比較晚回來，應該是又一個人跑去那個世界了吧？」

「對，我又在那個世界待了兩天。結果如我所料，事情真的鬧得很大。那場演唱會——不，我是說選前造勢演講會，後來直接中斷了。儘管主辦方努力想讓活動繼續下去，但雙方陣營吵成一團，讓活動行程都亂掉了，結果活動只能就此結束。」

「哈哈哈！電視台應該也很頭痛吧～～！真想知道他們拿什麼內容來代替原本的節目！」

「總經理，妳好像很開心呢！」

「玲依，妳看起來也很開心喔！」

「嘿嘿。」

與咧嘴笑的兩名女性呈對比，因幡跟平常一樣擺著臭臉，繼續說明：

「現場的幾萬名觀眾都在抗議，要主辦方讓自己想看的歌手上台表演，不然就是要求退還昂貴的門票費用。」

「參加選舉的造勢活動竟然還要付錢？這樣很奇怪吧？既然不付酬勞給藝人，就應該讓觀眾免費入場才對啊。」

「這些事情也引起熱烈討論，最後還讓眾人重新審視選前造勢演講會的存在意義。那個世界的音樂界也裝出若無其事的樣子，對外表示『讓藝人同時幫雙方站台是很嚴重的問題，為避免這種事再次發生，業界今後將不會與選舉扯上關係』。我想以後應該不會再舉辦那種形式的競選活動了吧。」

「雪野玲依這個名字是不是變得很紅？」

「紅到不行。『找出雪野玲依』這個關鍵字一直在搜尋排行榜之中。因為我不想害那些長相相似的女孩被誤認為玲依，就放出玲依『已經出國』的假消息，還有我們之前去異世界時用行車記錄器拍下的影片。」

「因幡，你果然厲害，連售後服務都無可挑剔。你應該沒忘記最重要的事情吧？」

「妳是指收取報酬嗎？我當然沒忘。」

「嗯，那就好。事情都解決了！乾杯！」

看到總經理舉起咖啡杯，玲依也跟著照做。

「啊！」

然後她停下手，沒有喝下咖啡，而是看向因幡。

「有件事讓我很在意。」

「什麼事？」

「結果那次總統選舉是誰贏了？」

因幡緩緩將咖啡拿到嘴邊，冷淡地這麼說：

「妳幫忙站台的那一邊贏了。」

完

第九話
「魔女在最後笑了」
—A Kind of Magic—

第九話「魔女在最後笑了」

—— A Kind of Magic ——

那間非常小的演藝經紀公司就位在城市裡的某個角落。

在民營鐵路的車站前方，有一棟毫無疑問是在昭和時代建成的狹窄住商大樓。外牆上都是可疑店家的看板，而那間經紀公司就位在三樓。

只要來到狹窄的梯廳——

「有栖川演藝經紀公司」。

就能看到掛著寫有這行文字的小型公司名牌，接著再走過那扇門，就能來到一個把會客室與辦公室結合起來的房間。

隔壁還有一個用毛玻璃窗隔起來的房間，掛著寫有「總經理室」的名牌。

就在這間會客室裡面——

「玲依，妳的下一份工作在異世界，是演戲的工作。不過，不是要演電影，也不是舞台劇，而是要在眾人面前扮演別人。」
一名穿著成套黑色西裝的男子坐在沙發上，說出了這番話。
他的身高大約一百五十五公分，以男人而言算是相當嬌小。他有一頭很有特色的純白短髮，還有一雙圓滾滾的大眼睛，看起來就像是一位外國少年。
「我明白了！因幡先生，我什麼工作都願意做！」
一名女孩雙手握拳，充滿鬥志地這麼回答。她是隸屬於這間演藝經紀公司的十五歲女高中生，名叫雪野玲依。
玲依就坐在矮桌對面的另一張沙發上。她穿著右胸口的巨大藍色緞帶很醒目的白色連身裙制服，用髮箍固定住及腰的黑色長髮。
因幡身旁還有一個穿著鮮紅色窄裙套裝的女子——這位總經理號稱年過四十，外表卻比實際年齡年輕許多。
「說得好！玲依，我感受到妳的氣概了！我會幫妳收屍的！」
總經理跟著玲依說出這句話之後，斜眼看向旁邊，因幡便開口說道：
「我不會要妳死掉。」
玲依知道就算自己在其他世界死掉，也能毫髮無傷地回到這個世界，於是說了：

「我會努力工作的！就算要我死……只要不是痛到不行，我都願意忍！」

「說得好！玲依，我感受到妳的氣概了！以下省略！」

「我也不喜歡那種需要讓妳『斷氣』的工作，所以會盡量不接。不過，我覺得『在其他世界死掉也無所謂』是只屬於妳的優勢，所以無法保證以後絕對不會接，但至少這次不是那種工作，只是——」

「只是什麼？」「只是什麼？」

兩名女性的聲音重疊在一起，而且都看著因幡，他便如此回答：

「在我們出發之前，妳需要做點練習。」

「練習什麼？」「練習什麼？」

兩名女性的聲音重疊在一起，而且都看著因幡，他便如此回答：

「就是長時間憋氣的技巧，還有在水底下呼吸的方法。」

＊　＊　＊

這裡是一座巨樹森林。

淨是直徑達三十公尺的大樹，高度也都超過兩百公尺，其威嚴顯然跟地球上的樹木不同。
樹木之間的距離差不多是一百公尺。地上是濕潤的黑土，上面長著一些像是蕨類植物的小草。
因幡的小型四輪驅動車在樹木前方停了下來。儘管這是一輛小型汽車，但也是四人座，現在看起來卻像是小孩子忘記收好的玩具車。
這座森林裡有一池泉水。
那是直徑約十公尺的圓形水池，深藍色的水讓人能感覺到泉水有多深。水面像是一面鏡子，平靜地映著樹木的翠綠以及從樹縫間露出的夏季早晨的天空。
玲依從泉水底下浮了上來。
先是有氣泡從清澈的泉水中冒出水面，平穩如鏡的水面迅速掀起波紋，讓映在其上的景象變得扭曲。
玲依的臉出現在水裡，就像在追逐那些氣泡。
她抬頭看著上方，在水裡睜著眼睛，嘴巴吐出氣泡，慢慢地浮了上來。
「噗——哈……！」
在游出水面的同時，她大大地吸了口氣。

玲依濕掉的頭髮披在腦袋後面，身上穿著樸素的深褐色長版上衣。她還在上衣底下穿了深褐色連身泳裝。她運用從上衣邊緣露出的手腳浮在水面，然後改用蛙式游到岸邊。

她伸手抓住岸邊，使勁把身體撐了起來，然後一個翻滾仰躺在地，使得濕掉的長版上衣與長髮都沾到泥土。

「呼～～！」

可是她毫不在意，仰望著那些大樹，大大地呼了口氣。

因幡從泉水中央浮了上來，但沒有冒出任何氣泡。

因為他臉上戴著潛水面鏡，嘴裡咬著潛水呼吸調節器，也就是那種連接著軟管的咬嘴。

因幡穿著全身漆黑的潛水服與頭套，揹著附有氣瓶與呼吸管的潛水裝備。

那是名為「水肺」的最新型裝備。這東西跟普通的潛水裝備不同，不會把潛水員呼出的空氣排到水中，而是會回收那些空氣，重新調整過氧氣濃度後，讓潛水員再次吸進肺裡。這樣就能讓人在水底下待得更久，也更輕鬆。

玲依靠著腹肌的力量挺起上半身，對著從泉水中央冒出頭的因幡問道：

「怎麼樣，因幡先生！我順利完成緊急上浮了！身體完全沒出狀況！畢竟水也沒有冷到會讓人凍僵！」
「我了解了——玲依，妳還真會游泳，在水裡的動作非常順暢。」
「因為我從小就一直有在練習游泳啊！我可以憋氣游過長達二十五公尺的游泳池喔！」
「在哪裡學的？學多久了？當時的教練叫什麼名字？」
「咦？讓我想想……奇怪了……？」
玲依把濕掉變重的頭髮盤起來，歪著頭努力思考。因幡輕輕揮了揮手。
「別想了，那種事現在不重要。」
「那我可以不用練習潛水了嗎？」
「我覺得應該沒問題了，但我們還有時間，氣瓶裡也還有氧氣，我們還是再練一次吧。因為就算我們在練習時失敗，也只會在這個世界死去——但要是在正式上場時失敗，就會徹底搞砸這次的工作。」
「我明白了！那我們就再練一次吧！我一定會潛得更快！」
「看到了嗎？那就是妳要去的村子。那裡差不多有兩百名居民。」

「我看到了。」

在泉水中練習後過了幾個小時，因幡與玲依來到森林邊緣。因幡穿著西裝，玲依穿著長版上衣，兩人的身體與頭髮都乾透了。玲依把長髮全部梳到後面，綁成丸子頭。

他們兩人躲在大樹的陰影底下，鋪好墊子趴在上面，手裡都拿著從原本的世界帶來的高性能望遠鏡。

那裡就是這座巨樹森林的終點。

在因幡與玲依躲藏的巨樹前方有一片寬廣的農地，平緩地往下延伸到地平線的盡頭。

在萬里無雲的夏季天空，有一顆跟木星一樣擁有光環，比地球的滿月還要大上十倍的巨大行星，靜靜地掛在東方天空較低的位置。在這片天空底下，不知名的高莖農作物隨風飄搖。

玲依要去的村子就在這片綠色地毯的盡頭。

村子離這裡差不多有一公里遠。玲依透過望遠鏡的圓形視野，看到了零星散布的十幾間房屋。

那些房子都是木屋。

「那些房屋好有趣喔……」

不過，玲依在原本的世界從未見過那種構造。

圓筒型的房屋橫躺在地，看起來就是先把那種巨樹砍倒，每隔幾公尺就鋸下一截，恐怕是用滾的推到自己想要的地方，把樹木裡面挖空做成房屋。玄關就位在兩側，牆壁與屋頂都是圓的。

「那些都是用樹幹打造的房子……對吧？那樣也能算是『木屋』嗎？」

「天曉得。」

因幡冷淡地這麼回答，然後放下望遠鏡，轉頭看向玲依。

「接下來要做的事，我已經告訴過妳了。妳要前往那個村子，去見名叫『艾瑪』的客戶。她是一位留栗色長髮，戴著鳥形胸針，個子很高的女性。對方應該很快就能認出妳。」

「好的！我會照著劇本跟她一起演好這場戲！就算需要臨場發揮，我也不會有問題！排練已經夠多次了，我會努力完成表演！」

「那就晚點見吧。」

「我要出發了！」

玲依迅速站了起來。因幡對她說：

「望遠鏡就放在這裡吧，免得被村民當成可疑人物。」

「對喔。」

玲依獨自走在田間小徑上，在比她高的農作物陰影底下前進，慢慢走向村子。

道路前方的樹幹房屋逐漸變大，最後開始能看到在房屋之間走動的村民。雖然這裡是異世界，居民的外表與身高都跟玲依所在的世界毫無分別。男人穿著樸素的上衣與長褲，女人穿著跟玲依一樣的長版上衣。人們使用的器具都是木製品與鐵製品。包含科技發展的程度，以地球的歷史來說是有如中世紀歐洲的世界。

村子裡有水井，還有同樣用樹幹製成的家畜小屋與倉庫。村民們正忙著做自己的工作。

玲依來到離村子只有三百公尺左右的地方，發現村子周圍搭建了用來防範野獸或敵人的堅固木頭柵欄，入口只有一道寬度約三公尺的門。門口站著一個手拿長槍，腰間掛著劍的壯漢。

「我現在該怎麼進去才好呢……」

玲依一臉茫然地自言自語。

「玲依，直接從大門走進去就行了喔。」

就在這時，她聽到背後傳來這樣的聲音。玲依回頭一看，發現有個一頭栗色長髮，戴著鳥形胸針的高個子女人從田裡走出來。她是大約三十多歲的成熟女性，容貌和善的美女。

「妳是艾瑪小姐吧？」

玲依問了這個問題確認。艾瑪一臉平靜地回答：

「我就是。很高興認識妳。今天要麻煩妳了喔，來自異世界的小妹妹。」

「嗯，我會努力的。」

「那就麻煩妳跟我一起進去吧。村民那邊交給我來應付就行了。」

玲依點點頭，默默跟在艾瑪身後。當她們走到門口時，衛兵露出嚴肅的表情叫住她們。

「艾瑪，那傢伙……是誰？」

「她是我妹妹玲依啊。」

「啊啊，原來是玲依啊。她變得更可愛了，害我認不出來。」

說完，衛兵對玲依眨了眼睛，然後就笑著讓路了。
她們走進村子後，每當有人過來找她們說話，艾瑪都會搬出同樣的說詞。
「原來是玲依啊。」
「我想起來了，這女孩就是玲依。」
「好久不見。妳最近過得好嗎？」
不分男女老少，所有村民都接受了這個說詞。
玲依問走在前面的艾瑪：
「原來妳事前就打點好了嗎？」
艾瑪點了頭。
最後，艾瑪帶著玲依走進村子裡最偏僻的房屋。
這間挖空樹幹做成的房子裡有著刨得不太平整的牆壁與天花板。那些沒有被刨掉的部分直接被拿來當成桌椅與床鋪。
屋主似乎過著簡樸的生活，屋子裡沒有太多家具，給人一種冰冷的感覺。在疑似廚房的地方只擺著最基本的鍋子與木製餐具。
艾瑪要玲依在她身旁坐下，還端出木杯與聞起來很特別的茶。
「這茶好好喝喔。」

「妳喜歡就好——話說，『他們』應該就快到了。」

艾瑪一臉嚴肅地這麼說。玲依放下裡頭還有茶的杯子，同樣露出嚴肅的表情。

「好。妳是說『魔女狩獵隊』的人吧……？」

「沒錯。魔女狩獵隊會聽從國王大人的指示展開行動，只要聽說某個地方可能有魔女，他們就會前往。他們這次是從旅行商人口中聽說這個村子裡『只有一小塊田地的農作物莫名其妙枯死』，才會認定這個村子躲藏著魔女。」

「可是，因幡先生告訴我，那是為了防止農作物生病所做的措施。」

「是啊，那只是隨處可見的黴菌傳染病。我在半夜到田裡灑醋，所以只有那塊田地的農作物枯死，也讓傳染病沒有擴散到整塊田地。畢竟這裡的村民日子都過得很悠閒，不會去在意那種事情。可是，旅行商人看到之後，卻把這件事加油添醋傳了出去。」

「只因為那種小事，那些人就認定『這裡有魔女』嗎……」

「是啊。他們很執著於狩獵魔女，只要發現一點異狀，就會認定那是魔女幹的好事，而且不管別人怎麼解釋都沒用。他們會用盡一切手段找出魔女。」

艾瑪一臉難過地這麼說，然後又稍微放鬆表情。

「不過，因為在來這裡的路上，他們之中有人生病了，只能暫時待在大城鎮養病。而很幸運地，這個消息也傳到了這個村子。」

「所以妳才能提前做好準備對吧！」

「沒錯。我真的很幸運呢。我還要感謝在我不知所措的時候，突然出現在我面前對我伸出援手的因幡。玲依，我當然也很感謝妳喔。」

「不客氣！我絕對會讓這個計畫成功！」

說完，玲依一口氣喝光杯子裡的茶。

差不多到了下午，一群騎著馬與坐在馬車上的人出現在地平線上，最後來到這座村子。

這支魔女狩獵隊是由十個男人組成。

其中七人騎著馬，儘管現在是夏天，他們仍穿著皮鎧，還帶著劍與弓這種威風的武器，看就知道是國軍的士兵。除了擔任隊長的中年男子，其他人全是年輕強壯的青年。

至於剩下的三個人，則是穿著黑色上衣與褲子。他們分別是一名戴著黑色博勒帽的中年男子，以及兩名沒戴帽子，較年輕的男人。他們三個都坐在沒有車頂的雙頭馬車上。

村子中央的廣場聚集了兩百個人——那名戴著博勒帽的男子站在馬車貨台上，面對全村的居民，用異常宏亮的聲音宣布：

「為了將那些與惡魔訂下契約，給人世帶來禍害的邪惡存在——魔女趕出這個世界，國王陛下派我們來到這裡！在我們離開之前，你們要完全服從我們的指示！我們所說的話，就是國王陛下的命令！——村長自己報上名來！」

「我就是村長。」

在這群村民之中，有一位老人站了起來，走到那些人面前。

「很好！我們會盡全力幫忙找出魔女！你們這些村民也要全力配合！你這位村長有沒有意見？如果有就說出來，不需要有所顧慮！」

戴著博勒帽的男子盛氣凌人地這麼問道。

「小的不敢……」

「很好！那就把這個村子的年輕女孩全叫出來，在我面前排成一列！」

「我明白了。不過，還請各位大人別對她們亂來——」

「我們只會對付魔女！村長，難不成你以為我們是來這裡隨便欺負女人的嗎？」

「當然不是……」

村長不情願地對村民們做出指示。村民們悲傷地看著自己的女兒與妻子走出去。

玲依就跟在這群村民最後面說：

「那我們也過去吧。」

「走吧。對了，我還沒問妳『打算怎麼做』呢。」

「我要稍微來場『魔術』表演。啊，我是要表演一種『戲法』，不是要施展魔法喔！」

玲依對著艾瑪眨了眼睛，然後走到村民與魔女狩獵隊之間。

村民當中大約有三十位年輕女性，所有人都背對著村民排成一列，一臉不安地看著魔女狩獵隊。

戴著博勒帽的男子從馬車上走下來，走向那些年輕女人。

「妳們之中躲著一個魔女！她是用魔法讓農作物枯死，還欺騙你們這些村民的可怕魔女！她今後還會繼續給這個村子與世界帶來災難！可是，她已經無處可逃了！如果她能勇敢地自己站出來，我願意以吾神『多德魯德魯特神』之名發誓，絕對會讓她死得毫無痛苦！魔女啊，自己站出來吧！」

結果當然誰也沒有說話。

「很好！那我只好自己找了！我會親自檢查妳們每個人的身體！因為魔女身上都藏有與惡魔訂下契約時的印記！」

男子露出下流的眼神，不懷好意地笑了，然後帶著士兵走向站在隊伍最外側，看起來還不到二十歲的年輕女孩。

玲依一臉平靜地站在隊伍中央，小聲詢問站在她右邊的艾瑪。

「請問真的有『魔女的印記』這種東西嗎？」

「當然沒有。不過，很多人相信有那種東西。也因此，有許多女孩都受到了羞辱。」

「這樣啊……那我可以動手了嗎？」

「麻煩妳了。」

看到艾瑪一臉平靜地點了頭，玲依從隊伍中衝了出去。

「慢著！大叔！」

那名戴著博勒帽的男子朝女孩伸出雙手，而其他人都驚訝地看向玲依，有幾名士兵甚至重新握緊了長槍。

「你為什麼要做這種蠢事！這個村子裡根本沒有什麼魔女！」

玲依用宏亮的聲音這麼大喊，讓那個戴著博勒帽的男子轉過頭，怒目看向衝出隊伍的她。

「小丫頭！是誰准許妳這麼做的？我有允許妳說話嗎？」

男子大步走了過來，玲依也瞪了回去，大聲反駁對方。

「閉嘴啦！這裡是我的村子，想說什麼是我的自由，蠢貨！你這個變態色大叔只是假借找尋魔女的名義，做不要臉的事情！」

「妳說什麼！小丫頭……我看妳是不懂本人肩負的使命有多偉大……」

男子繼續靠近玲依。當他走到離玲依剩五公尺的地方，玲依才做出行動。

「我才不想懂呢！」

玲依這麼大喊，同時伸出自己的右手，用食指指向那名男子，還用拇指指腹摩擦中指與無名指的指腹，結果她的手突然冒出一道白煙，慢慢飄向天空。

「什麼！」

那名戴著博勒帽的男子嚇到腿軟，當場癱坐在地。而那些看著玲依的士兵也在同時一陣騷動。

「奇怪？」

玲依露出不可思議的表情，在眼前摩擦自己的雙手，結果又冒出更濃烈的煙霧，遮住了她的臉龐。

其實那是一種沾在手指上摩擦就會冒煙的粉末，在玲依原本的世界透過網購就能買到的魔術道具。

當那些突然冒出的煙霧消失時，所有士兵立刻將長槍對準玲依，而那名戴著博勒帽的男子也在同時叫了出來。

「就是這傢伙！她就是魔女！」

「請等一下！我妹妹不是魔女！」

「那她怎麼有辦法變出煙霧！妳也看到了吧！她手上沒有任何東西，卻憑空冒出了煙霧！那一定是魔法！她肯定是想發出火球攻擊我們……只是技術還不到家才會失敗！噢，這小丫頭太可怕了！我們剛才差點就要沒命了！」

「那是……」

「唔唔唔！」

「不用多說了。反正只要調查一下，很快就會真相大白！畢竟辨別魔女的方法很簡單！」

「唔唔唔！」

馬車與馬、驢子在巨樹森林中前進。

馬車上坐著戴博勒帽的男人與另外兩名男子，還有身體被繩子捆住，嘴巴也被布塞住的玲依，以及被帶去見證的村長。

士兵們守護著馬車，艾瑪也側身騎著驢子跟在旁邊。

最後，他們來到一池清澈的泉水。馬車在泉水旁邊停了下來。

「嗯，村長，這池泉水很不錯喔。」

戴著博勒帽的男子在馬車上滿意地說了。

「這池清澈的泉水就是多德魯德魯特神賜予我們的聖物！不可能容得下魔女！所以她絕對不會沉下去！如果我們把這丫頭丟進去，而她沒有沉進水裡，就能證明她是魔女！」

「唔唔唔！」

「你們這樣太不講理了！要是把我妹妹丟進水裡，她會溺死的！」

士兵們包圍著泉水，艾瑪在人牆外大喊。戴著博勒帽的男子指揮另外兩名男子拿掉塞住玲依嘴巴的布。

「小丫頭！這是最後的機會了！如果妳承認自己是魔女，我就砍下妳的頭，讓妳死得乾脆點！如果讓我證明妳是魔女，我就再也不會手下留情！我會把妳活捉回王城，讓妳嚐遍各種苦頭，最後用火刑處死！」

「閉嘴！色老頭！你只是想欺負人吧！」

「算妳有種。」

「大人！請不要這樣！玲依真的不是魔女！」

「放心吧！姊姊！我不是魔女！多德魯德魯特神會保護我的，我絕對不會這樣就死掉！因為我每天都有祈禱！」

戴著博勒帽的男子臉上爆出青筋，氣得緊咬著牙，幾乎要把牙齒咬碎。

「魔女沒資格說出吾神的名字！把這個罪人丟下去！」

兩名男子抬起了雙手被反綁的玲依，就這樣從馬車上丟進泉水。

「呀啊！」

玲依直接以屁股摔進泉水中央，濺起巨大水花——

然後就沒有再浮上來。

即便在岸邊反射了好幾次的泉水波紋完全平息，水面重新變回映著天空與森林的鏡子，玲依也沒有浮上來。

過了超過二十分鐘之後，安靜的泉水旁邊——

「啊啊……玲依……」

艾瑪放聲大哭，村長也一副手足無措的樣子。

「…………」

士兵們默默看著這一切。

「這是怎麼回事……？一個身上沒有綁重物的人……照理說不會沉在水裡這麼久……」

戴著博勒帽的男子在馬車上小聲嘀咕。

艾瑪抬起哭泣的臉龐，瞪向那名戴著博勒帽的男子。

「這樣肯定不會有錯了吧！玲依——我妹妹才不是什麼魔女！」

「唔……看來是這樣沒錯。」

「你只是個殺人凶手！」

「妳別含血噴人！我們是奉國王的命令，為了拯救這個國家的人民，不讓他們受到魔女的威脅，才會做這些事！」

「殺死一個無辜的女孩，到底算哪門子的『拯救』！」

「天……天底下沒有人不會犯錯！這是必要的犧牲！」

他們兩人隔著泉水爭吵。

「噗──哈……！」

搖晃的水面冒出氣泡，同時玲依露出頭來。

士兵們嚇個半死，戴著博勒帽的男子也嚇到腿軟，癱坐在馬車貨台上。

「啊啊！玲依！」

「姊姊～～！」

玲依在泉水當中踩水，笑著向艾瑪揮了揮手。

「這……這……這……」

戴著博勒帽的男子一臉茫然。

「喂！變態色老頭！我哪裡像魔女了！你說說看啊！」

「…………」

玲依無視毫無反應的男子，轉頭看向艾瑪。

「姊姊～～！剛才是神明大人救了我喔！我在水裡見到多德魯德魯特神了！

我還聽到非常溫柔的聲音！祂說我現在還不能去天國！」

「啊……謝謝神明大人！謝謝神明大人！」

艾瑪對著天空這麼說，然後轉頭瞪向戴著博勒帽的男子。

「這樣你就明白了吧！玲依不是魔女！這個村子本來就沒有什麼魔女！」

她說完這句話，玲依也在水面跟著怒罵。

「就是說啊！色老頭，難道非得把村子裡的女人全部帶來這裡，讓神明大人拯救她們每個人一次，你才能認清事實嗎，蠢貨！你才是該死的罪人！」

「唔——既然這是多德魯德魯特神的旨意，我也無話可說。我要改去其他地方找尋魔女了！」

戴著博勒帽的男子搓著疼痛的屁股站起來。

「全員聽令，我們要快馬加鞭，趕在今晚回到鎮上！」

村長問道：

「咦？這樣還需要幫各位大人準備今晚的住處嗎……？」

「不需要！驚擾各位了！」

玲依游回岸邊。

「嘿咻——」

她用雙手撐起身體，然後一個翻滾仰躺在地上。

剛才還在發呆的士兵們立刻衝過去，爭著朝她伸出粗壯的手臂。

「請把奇蹟分給我們！」

「我也要！」

「算我求妳！」

「拜託了！」

「咦？啊，哎呀，傷腦筋呢……不過，如果只是要握個手，我倒是無所謂啦——」

「你們幾個！要走了！」

在夜晚的森林裡，巨樹的影子覆蓋地面。

那顆巨大行星依然綻放著光芒，掛在西方的地平線上。在這個亮得可以看書的世界，就只有巨樹的影子筆直延伸出去，描繪出光明與黑暗的條紋圖案。

泉水旁邊停著一輛小型四輪驅動車，車子旁搭著一頂巨蛋帳篷。因幡就坐在附近的戶外折疊椅上，用擺在小桌上的輕便瓦斯爐與水壺燒開水。

帳篷的拉鍊被人從裡面打開，穿著制服的玲依走了出來。
「因幡先生，辛苦你了。」
「妳有睡著嗎？」
「我睡得很熟喔！畢竟游泳之後總是會很累呢！——艾瑪小姐呢？」
「她應該就快到了吧。妳要喝茶嗎？我很快就能泡好。」
「那我就不客氣了！」
玲依與因幡並肩坐在椅子上，喝著馬克杯裡的紅茶。
「這味道聞起來很棒呢。」
他們聽到從遠方傳來的聲音。艾瑪從泉水對面，巨樹的影子中現身了。
「姊姊！不對……艾瑪小姐！」
艾瑪繞過泉水慢慢走過來，最後在他們面前屈膝跪地，恭敬地低頭鞠躬。
「事情進行得很順利，真的很感謝你們。」
「不客氣！對了，艾瑪小姐，妳要喝杯茶嗎？」
「異世界的茶啊……我是很想喝喝看，但要是對我的身體造成什麼影響就糟了。妳的好意我心領了。」
「啊，對喔。」

玲依一臉遺憾，收回伸向水壺的手。

「因幡，這是我們說好的報酬。這樣足夠嗎？」

艾瑪從懷裡拿出一個小皮袋，因幡伸手接下。皮袋裡面裝著幾顆跟糖果差不多大的藍寶石。

「唔哇……」

玲依眨了眨眼睛。

「夠。」

因幡隨手把皮袋放進西裝口袋。

「艾瑪小姐……這樣真的就沒事了嗎？那些人再也不會來了嗎……？」

玲依擔心地這麼問，艾瑪一臉平靜地回答：

「這個嘛，我無法斷言他們絕對不會再來——但妳剛才也看到了，他們都是些信仰堅定的人。剛才差點殺死妳，他們應該都是真心感到後悔。我想短時間內不會有問題吧。」

「那就好。」

「話雖如此……我也不能繼續給這個村子添麻煩了。我得去找尋下一個住處。」

「這樣啊……」

「儘管我很喜歡這座村子，但這就是我的宿命。我命中註定只能偷偷摸摸地生活。」

「請妳……千萬要保重。」

「謝謝妳。來自異世界的魔法師因幡，還有擅長演戲與游泳的玲依，我永遠不會忘記你們的。」

說完，艾瑪起身邁出腳步。

她筆直走向泉水，躲進泉水前方的巨樹影子之中。

當艾瑪再次現身時，她已經在水面上輕輕漫步，掀起細微的波紋。

「哇啊……」

玲依的眼睛亮了起來。艾瑪轉頭看向她，露出美麗的笑容。

「這只是『魔術』表演喔。」

她華麗地轉動身體，在光芒之中跳起舞。

完

第十話
「由畫而生的故事」
—Portrait of Re:I—

第十話「由畫而生的故事」

——Portrait of Re:I——

那間非常小的演藝經紀公司就位在城市裡的某個角落。

在民營鐵路的車站前方，有一棟毫無疑問是在昭和時代建成的狹窄住商大樓。外牆上都是可疑店家的看板，而那間經紀公司就位在三樓。

只要來到狹窄的梯廳——

「有栖川演藝經紀公司」。

就能看到掛著寫有這行文字的小型公司名牌，接著再走過那扇門，就能來到一個把會客室與辦公室結合起來的房間。

隔壁還有一個用毛玻璃窗隔起來的房間，掛著寫有「總經理室」的名牌。

就在這間會客室裡面——

一名少女坐在沙發上睡覺，而另一名女性站在房間的角落，準備拍下她的睡相。

她是穿著鮮紅色窄裙套裝的女子——這位總經理號稱年過四十，外表卻比實際年齡年輕許多。她拿著大型數位單眼相機，緊盯著光學取景器。

這種數位單眼相機也能看著背面的液晶螢幕拍照，但總經理還是把右眼對準傳統的光學取景器。

隸屬於這間演藝經紀公司的十五歲女高中生背靠著沙發，閉著眼睛安靜地沉睡。

她穿著右胸口的巨大藍色緞帶很醒目的白色連身裙制服，用髮箍固定住及腰的黑色長髮。

總經理暫時放下相機，側眼看向從百葉窗縫隙射進來的陽光。然後，她靜悄悄地往旁邊走了幾公尺，站在一張桌子旁邊，再次探頭看向取景器。

「嗯～～……」

她沒有按下快門，只是如此低吟。而通往梯廳的公司大門在這時打開。

一名男子走了進來。

他穿著成套黑色西裝，身高大約一百五十五公分，以男人而言算是相當嬌小。他有一頭很有特色的純白短髮，還有一雙圓滾滾的大眼睛，看起來就像是一位外國少年。

男子手上拿著一個大型波士頓包。

「因幡，你回來啦～～」

被總經理稱作因幡的男子說話了。

「我回來了——妳在做什麼？」

「嗯，看就知道吧。我要幫玲依拍照。」

「拍得到嗎？」

「完全拍不到。」

「那不就是在浪費底片嗎？」

「因幡，你太落伍了～～！這個世界早就沒在用底片那種東西了！」

「對喔，太習慣了。」

他們兩人如此交談。

「唔……？」

讓玲依醒了過來。

她先輕揉雙眼，然後才睜開。

「啊！」

她總算發現自己在公司裡睡死了。

「對不起！」

她起身道歉的瞬間，被總經理拍了下來。

「啊？」

玲依納悶地歪著頭。

「我看看……」

總經理操作相機，讓背面的液晶螢幕顯示剛才拍到的照片。

然後板起臉瞪著螢幕。

「還是不行啊～」

她把大型相機擺在桌上後，詢問因幡。

「有接到新工作嗎？」

「沒有。」

「哎呀。」

「不過，我有件事想麻煩玲依去做。」

「那個……請問你要我去做什麼事呢？」

玲依把咖啡豆放進擺在會客室牆邊的咖啡機，問了這個問題。
「是啊，是怎麼回事？」
坐在沙發上的總經理也這麼問道。
因幡在總經理對面坐下，跟平常一樣面無表情，淡淡地回答：
「我要事先聲明，這件事是我的疏失。我害玲依非得去做賺不到錢的工作，真的很抱歉。」
因幡對總經理深深低下頭，讓玲依在牆邊擔心地看著他。
「是嗎？說來聽聽。」
總經理故意擺著架子，用居高臨下的語氣回應。
「請妳先看看這個。」
因幡從西裝外套裡拿出自己的手機，解除鎖定，顯示出畫面，然後擺在桌上給總經理看。
「啥？」
總經理發出低沉的聲音驚訝地叫了出來，立刻看向站在牆邊的玲依。
「玲依，妳過來一下！坐我旁邊！來看看這個！」
「好的。請問妳要讓我看什麼……？」

玲依快步走到桌邊，在總經理身旁坐了下來，然後慢慢探頭看向螢幕。

「咦咦！」

她大聲叫了出來，睜大了原本就很大的眼睛，把臉貼向螢幕仔細凝視。

「這……這不是我的照片嗎！咦？是什麼時候拍的？」

手機螢幕上的人正是玲依。

她穿著跟現在一樣的白色制服，稍微側著身體，雙手靠在一起擺在身前，臉正對著前方，只露出上半身，背景什麼都沒有。

她含蓄地揚起嘴角，眼角微微下垂，露出美麗的微笑。雖然表情有些緊張，但那種情緒也醞釀出一種不只是可愛的氛圍，讓她顯得更有魅力。

「玲依！妳的表情很棒耶！」

「沒有啦……過獎了！不過！這張照片裡的我確實很可愛呢！」

「就是說啊。」

玲依的肖像就擺在有著三層圖案的金色框裡，掛在看似大理石的牆壁上。框底下還掛著完全看不懂，但應該是寫著標題的名牌。

因幡伸出手指，在螢幕上滑了幾下。

鏡頭移向後方——變成從遠處拍攝，或者說是恢復正常焦距的照片。

在掛著框的大理石牆壁周圍還能看到很粗的柱子，以及鋪著磁磚的地板。玲依的肖像前方拉著一條鬆弛的深紅色繩索，不讓人隨便接近。

因為鏡頭拉遠了，也讓人能大致看出框的大小。如果那條繩索尺寸跟這個世界的繩索差不多——框的寬度大概就是一點五公尺，高則接近兩公尺，可說相當巨大。

「哦～這個地方看起來應該是美術館吧。」

「是啊……這幅肖像被裝飾得很漂亮呢……」

總經理與玲依都誠實說出自己的感想。

「對，這個地方是某個異世界的某個國家——不，是那個世界最大的美術館。」

因幡一邊這麼說，一邊瀏覽其他照片。

那是從遠方高處拍攝的巨大建築物的照片。

那棟建築物就像城堡或皇宮，到處都有極為用心的華麗裝飾，還有一座綠色植物閃耀著光彩的庭院，佇立在散發出透明感的藍天底下。在遙遠的地平線上掛著兩個巨大的月亮，綻放微弱的白光。

「我原本只是去那個世界逛逛——」

因幡輕輕搖頭。

「想不到竟然讓我在美術館裡發現這東西……」

「既然碰巧被你看到了，那也無可奈何。結果這張照片到底是怎麼回事？

不管怎麼看，照片裡的人都是玲依吧？」

「就是玲依沒錯。還有，這其實不是照片，而是一幅畫。」

「譁～～！啊，我不是在說冷笑話喔。」

「天啊……原來這是一幅畫嗎……我一直以為是照片耶！」

總經理與玲依都發自內心感到驚訝。

因幡重新切回那張放大的照片。

隔著螢幕欣賞以寫實風格繪製的肖像畫，看起來就跟彩色照片毫無分別。

「這幅畫作題名為《玲依的肖像》——實在是很直截了當。」

「果然是『玲依』，不是長得很像的別人。哇～～真叫人吃驚。」

「我也……覺得很驚訝……」

「然後，請妳們接著看看這個。」

因幡一邊說一邊把手伸向波士頓包。

他拿出一個細長的圓筒，裡面裝著捲起來的玲依肖像畫海報。

「這是那間美術館販售的複製畫海報。因為我是在禁止攝影的地方暗中拍下剛才那張照片，應該說，在美術館開館之前就偷偷跑進去拍，為了看清楚畫的細節，我擅自拿走了一張海報。」

「嗯～～那不就是──『偷竊』？」

總經理這麼問道。

「也可以這麼說。」

因幡很乾脆地回答，並把手機拿開，在桌上擺上那張海報。比本人還要巨大的玲依就這樣在桌上露出溫柔的微笑。

這幅畫看起來就跟照片一樣。

「哇～～還真是壯觀耶。」

「好厲害……」

不過，只要靠過去定睛凝視，就能看出那是某人親手繪製的肖像畫。

「因為找到了這幅畫──」

因幡從波士頓包裡拿出一本書與資料夾。

他把那本使用了大量皮革，設計很有質感的精裝書擺在桌上的海報旁邊。

封面果然還是寫著完全看不懂的文字。

因幡翻開封面，第一頁就是那幅《玲依的肖像》，第二頁以後就都是完全看不懂的文字了。

因幡闔上書本，慢慢打開資料夾。

裡面裝著幾十張用長尾夾固定住的Ａ４紙。因幡把那些紙分別拿給總經理與玲依。

「我把這本書的內容翻譯之後列印出來了。」

兩人看向最上面那張紙。

【回憶錄　～我畫出《玲依的肖像》這幅畫的緣由～】

發現上頭印著這個日文標題。

「看標題就知道，這是這幅畫的作者留下的手記。雖然內容有點長，還是要請妳們過目一下。答案就寫在裡面。」

「原來如此，那我就來瞧瞧吧。」

總經理拿起那疊文件。

「我也要看。」

玲依也拿起那疊文件。兩人同時開始翻閱。

＊　＊　＊

當各位看到這篇手記時，我應該離開人世了。至於我會前往人們口中的「地獄」還是大家嚮往的「天堂」，我自己也無從得知。我會把這篇手記交給可以信任的人，請他務必在我死後發表。

這篇手記記錄著我畫出那幅畫，也就是擺在國立美術館裡的《玲依的肖像》的來龍去脈。

這些話我得先寫在前面，大家都知道我只是個畫家，既不是詩人，也不是散文家，更不是小說家。我很不擅長寫篇幅太長的文章，因此我會盡量寫出一篇簡潔的文章。

後面還會提到，我從五歲就開始寫日記了。直到行將就木的今天——除了身受重傷昏死過去的那幾天之外——我連一天都不曾中斷（因幡註：這個世界的曆法與我們的世界不同，為了方便理解，我才會這樣翻譯）。

我會盡量鉅細靡遺地把自己的經歷全寫進去。我一直好好保管著那些日記，從來沒讓任何人看過。我是一邊看著那些堆積如山的褪色紙張，一邊寫出這篇文章的。因此，我相信出現在這篇文章裡的日期與紀錄不會有重大錯誤。

自從我在半年前發表了《玲依的肖像》——許多人在各種地方都對我問了同樣的問題，但我一直沒有正面回答。而那些問題的答案就在這篇手記之中（日記我會請人幫忙在我死後燒掉）。

如果這篇手記能跟《玲依的肖像》一起永遠流傳於世，我將會非常開心。

我是在五歲那年頭一次遇見玲依。那是發生在那年的晚秋，也就是十一月二十四日的事情。

我當時住在佐魯德魯布魯貝巴茲德。當我動筆寫這篇文章時，那裡已經變成我國屈指可數的大城市，到處都是高樓大廈，但當時最高的建築物只有教堂的尖塔。那原本是一座非常悠閒的小鎮。

我就住在鎮外山丘上的一棟舊房子，周圍全是翠綠的森林，但那裡現在已經蓋滿了公寓。

現代人可能會覺得「住在那種接近大自然的地方很棒」，然而當時只有我家那種貧苦家庭會住在那種地方。有錢人都會跑到鎮中央蓋房子，讓地價不斷往上攀升。

儘管我當時只有五歲，我還記得很清楚，因為我就是從那一天開始寫日記的。只要反覆閱讀日記，我就能不斷想起當時的事情，讓自己再也不會忘記。有人可能會認為我在遇到玲依的那天開始寫日記純屬偶然，這其實一點都不奇怪。因為就是玲依要我從那天開始寫日記的。

五歲的我獨自在森林裡玩耍。雖然我有個小我四歲的妹妹，但她那時當然還只是個嬰兒。除了我之外，誰也不會踏進那座森林。

我獨自在樹木之間穿梭，追趕那些沿著樹枝逃跑的小動物。因為覺得累了，我就跑到一棵有著大樹洞的巨樹底下，躺在自己收集的落葉上休息。因為在我還小的時候，那是我唯一能玩的遊戲。

我躺在那堆落葉上昏昏欲睡，覺得有點冷，便睜開了眼睛。

「你好！」

玲依突然出現了。她就站在我身旁，低頭俯視著我。

「小弟弟，你好可愛喔。」

玲依這麼說道。

起初，我懷疑自己在作夢。因為一個我從未見過的人穿著我從未見過的白色服裝，無聲無息地來到我身邊，用我聽得懂的話語溫柔地對我說話。不需要日記，我也永遠記得當時的光景。我在那時見到的人物，各位都透過《玲依的肖像》看到了。我也只能這麼說明。

「不好意思，嚇到你了。我叫玲依，很高興認識你。小弟弟，你叫什麼名字？」

在感到驚訝的同時，我想起父親曾經告訴我：「要是有人先做了自我介紹，又詢問你的名字，你就應該馬上回答。」於是我乖乖照著父親的教誨去做（我父親一直相信自己是貴族的後代，很在乎禮節）。

「這樣啊，原來你叫『瑞德彼維・布維維維布・彼艾茲德維維茲普』。這個名字很棒呢，不過發音實在太難了。要是我喊錯，你要原諒我喔。」

雖然玲依這麼說，但她的發音非常完美。正如各位所知，為我命名的人是我那位瘋狂的父親，就連在當時這都是個古板艱澀的名字。

「玲依，妳到底是什麼人？」

我從那堆落葉上坐起上半身，結結巴巴地問了。

我當時還是個孩子，無法理解自己的狀況，但我其實早就嚇到腿軟了。因為太過驚訝，讓我的身體完全動彈不得。我覺得自己還能開口說話已經算是很了不起了。

「我是玲依。你要記住我喔。」

「嗯……我會記住的。」

就算我想忘也忘不了。我沒有說出這句話，因為我沒有那種餘力。

玲依問我是不是在玩耍，我說是。玲依又問我喜不喜歡在森林裡玩耍，我說喜歡。

「這是你最喜歡做的事情嗎？」

我誠實地告訴她我還有其他想做的事。

「那是什麼事？」

我回答了。我說我想畫畫。

不久前，當我們全家人去教會時，我有幸得到首次拿起畫筆的機會。那是老舊的紙與變短了的蠟筆。我還是頭一次看見，也是頭一次碰觸。雖然現在孩子們都能輕易得到那些東西（這都得感謝這個大量生產的時代），但當時在我們的小鎮，只有有錢人家的孩子才能拿到那些東西。當時擺在教會裡的，應該是有錢人捐贈，不然就是丟掉不要的東西。
我用那些紙筆畫出人生中的第一幅畫（雖然我早就在地面上練習過，很早就學會寫字了，但從未畫過彩色的圖畫）。我用自己的手畫出有顏色的線條，只要把線條組合起來，就能讓某種東西誕生。這是個美妙的經驗。
體驗過頭一次作畫的感覺之後，我就無法擺脫那種想繼續畫畫的欲望了。因此，我很誠實地告訴玲依我想畫畫。
「這樣啊……聽起來很有趣呢。那你就去畫吧。既然你喜歡畫畫，應該很快就能畫得很棒。」
我對她說：可是，我們家沒有畫紙，也沒有蠟筆。
「那這個就送給你吧。」
玲依往前走了幾步，把兩隻白皙的手伸進巨樹的樹洞，拿出一個金屬箱。那是一個長方形的金屬箱，看起來跟我父親使用的工具箱很像。我前幾天探頭看向樹洞時，裡面還沒有這種東西。
玲依把箱子擺在我旁邊，落葉稍微下沉了一些。玲依解開箱釦打開蓋子。箱子裡裝滿白紙，還有一個塞著許多全新蠟筆的瓶子。那些畫具全都綻放著光芒，我在教會裡看到的中古畫具根本無法與之相比。

「你可以用這些紙筆作畫。如果畫紙跟蠟筆用完了，我會把新的紙筆放進這個箱子，所以你一定要把箱子藏在樹洞裡。還有，你絕對不能告訴別人這件事。不管是畫紙還是蠟筆，都不能拿給家人看，就算是你妹妹也不行。你只能在這裡畫畫，把東西藏在這裡，也不能告訴別人關於我的事。你可以向我保證嗎？」

不管玲依是什麼人都無所謂。連我這個五歲小孩都知道，就算我告訴別人，應該也不會有人相信這件事。比起玲依這個神祕（當時這麼認為）人物，今後可以盡情畫畫這件事更讓我覺得開心多了。

我站起來，說我願意遵守這個約定。玲依露出微笑（看起來像在微笑），最後多交代了一件事。

「你要從今天開始寫日記，每天發生的事情都要盡量鉅細靡遺地寫下來。你應該會寫字了吧？只要你這樣告訴父母，他們應該也會勒緊褲帶，買下日記本和筆給你。」

「我明白了……謝謝妳。」

我用顫抖的聲音道謝之後，玲依開口說了：

「不客氣。那我要走了——再見。」

然後，她一瞬間就消失了，簡直就像霧一樣。

我沒有找尋玲依的身影，而是從箱子裡拿出白紙與蠟筆。

那天以後，我就一直獨自躲在森林裡，不斷畫著沒給任何人看過的畫。

因為只要畫紙與蠟筆快要用完，就會重新補上新的紙筆，箱子裡的東西從來不曾被我用完。我不知道是誰（可能是玲依，也可能是別人）在什麼時候放進新的紙筆，也不需要知道。

我當時的畫作幾乎都是森林裡的風景，還有樹木、花草、小動物與昆蟲的簡單素描，而且幾乎都沒保留下來。

因為可以隨意畫畫讓我很開心，便完全沒想過要保留那些畫。要是把那些畫作放進箱子，只會讓箱子沒空間放進新的畫紙，所以只要畫作累積到一定程度，我就會挖洞埋起來。就算現在去森林裡找尋，應該也不可能找到。諸位畫商啊，很感謝你們總是願意高價收購我的畫作，但我勸你們死了這條心吧。

我第二次見到玲依，是在十一歲那年的冬天。

我當時已經是小學最高年級的學生，才剛跟父母與妹妹一起搬到佐魯德魯布魯貝巴茲德鎮上居住。

應該有許多人知道我的經歷。就在那年冬天，我一次失去了所有親人。我那個因為景氣好轉工作變多，薪水也變多的父親，還有比誰都為此感到開心的母親，以及那個天真爛漫，年僅七歲的可愛妹妹，全都離我而去了。

各位大概都在歷史課上聽說過那件事吧。在那個時代，可怕的「帕普努琉特流感」席捲了全世界。那種在全世界殺死幾百萬人的惡魔病毒，輕易就帶走了我的家人。

我一直待在他們身邊，卻完全沒被傳染。這到底是神明的恩賜，還是惡魔的惡作劇，我至今仍不知曉。

我在十一歲那年成了孤兒。父親貸款買下的房子被經營困難的銀行笑著查封，我身無分文，還得獨自在這個世界繼續求生。

我被鎮外的國營孤兒院收養，跟許多境遇相同的孩子一起生活。那是個每天都吵得要死，塞滿許多孩童的房間。食物不夠充足，爭吵永不停歇，環境可說是糟到了極點。因為那裡也是學校，我甚至沒機會踏出那裡一步（當然，比起那些餓死的孩童，我已經算很幸運了）。

我過著憂鬱的每一天，埋怨神明為何不把我跟家人一起帶走。我當時的日記裡也充滿著怨天尤人的話語。

自從我搬到鎮上，就再也不曾回到那座森林。其中一個理由當然是那裡對一個孩子來說太過遙遠，另一個理由則是我們學校——我進入孤兒院之前就讀的學校——的老師，讓我能夠自由地畫畫。

在我剛入學的時候，那位老師就稱讚過我的畫技，而我也發自內心感謝她（不過她也死於帕普努琉特流感了……）。

在孤兒院附設的學校裡，我幾乎沒機會畫畫，這也讓我迅速失去對繪畫的熱情。

前言好像有些太長了。總之就是在這段時期，我再次見到了玲依。

孤兒院會以「幫忙家務」為名義，要求我們從事各種勞動。不是在孤兒院裡幫忙洗衣服與搬東西，就是到鎮外配送早報或牛奶。儘管我當時才十一歲，但體格比其他人好，結果就被叫去用自己的雙腳送報。

以現代的觀念來說，這種事算是違反「童工保護法」。不過對當時的我而言，那是讓我得以走出孤兒院的快樂時光，我也因此得以見到玲依。

某天早上，當我送完報紙，準備回孤兒院的時候，突然下起大雨。被後世稱作「七月七日豪雨」的大災難就是在隔天發生的。我跑到一個沒有人的候車亭，坐在狹窄的椅子上，等這場大雨下完（結果這場雨根本下不完，我只能淋雨回到孤兒院）。

雨水敲打著鐵皮屋頂，發出巨大的聲響，讓我聽不見其他聲音。

「你好。」

就在這時，我突然在雨聲中聽到清澈的嗓音，於是抬起頭來，就看到玲依站在我面前。

時隔六年，玲依完全沒變。不管是臉孔、聲音還是服裝，一切都保持著當時的樣子。換句話說，她就跟各位在國立美術館看到的《玲依的肖像》一模一樣。即使在豪雨之中，她的身體也完全沒有淋濕。

「瑞德彼維．布維維維布．彼艾茲德維維茲普，好久不見。看到你這麼有精神，我替你感到高興。不過，你父母與妹妹的事，我感到很遺憾……」

我們突然重逢，而且她完全沒變，身體也沒被淋濕，就已經讓我很訝異了，想不到她竟然還知道我經歷的一切，讓我更是驚訝到不行。

「你還有在畫畫嗎？還有在寫日記嗎？」

我當時隱約明白了一件事，那就是不能用我們的基準來衡量玲依。我還明白玲依是以特別的身分來到這個世界，而且八成只有我看得見她。

後來，我一句話都說不出來，就只是一直哭泣。一連串讓人驚訝的事，還有與玲依重逢的歡喜全部混在一起，讓我只能哭個不停。自從失去家人之後，這還是我頭一次哭成這樣。

「我可以體會，你一定非常難過吧。你什麼都不用說。」

我們度過一段安靜的時光。

我和玲依都沒說話，就只有雨聲傳進耳裡。

不知道到底過了多久，玲依開始唱歌。

歌聲沒有輸給雨聲，甚至還把雨聲變成了配樂。她用清澈的嗓音唱著我從未聽過的歌曲。

那些簡短的歌詞，我至今依然清楚記得（雖然我回家後便立刻寫在日記上就是了）。

我知道。

我從何而來，又將前往何方。

我知道。

你從何而來，又將前往何方。

你不知道。

我從何而來，又將前往何方。

你不知道。

你從何而來，又將前往何方。

我還是頭一次聽到那樣的旋律，後來也不曾再聽到同樣的旋律。不過，我現在還是會偶爾唱起那首歌。

老實說，我不是很明白歌詞的意思（當時還不明白）。不過，玲依在雨中唱出的歌聲依然溫柔地包圍著我，非常溫暖。

我反覆聽著同一首歌，就這樣沉沉睡去。當我醒來的時候，玲依已經消失，而大雨還是下個不停。

我淋著雨走在回家的路上，暗自下定了決心。雖然我不知道今後的人生還會遇到什麼事，就算進展緩慢也無所謂，我想繼續畫下去。

這樣我肯定還能再見到玲依。我有這樣的預感。

我第三次見到玲依，是在我遇到人生中最大危機的時候。我想應該有許多人知道，我少了一隻手臂，因為我在戰爭中受傷了。

我一直在孤兒院待到十五歲，完成義務教育之後，我便出去自力更生。我待過鐵路公司、農場、汽車工廠和五金行，也當過學校的工友與鎖匠。連我都覺得自己換工作的速度很快。

我重新拿起畫筆，一直堅持畫畫。薪水全都拿去吃飯和買畫具了。雖然現在大家都說我是個題材不拘的畫家，但我當時都在畫願意免費讓我畫的風景。

正如各位所知，其中有幾幅作品保存到了現在。自己年輕時的畫作被人們大肆吹捧，實在讓我很難為情。我手邊還留有一些失敗的作品……至於是哪些作品，就是不能說的祕密了。

到了十八歲，我跟其他人一樣被國家徵兵，結果過沒多久就開戰了。就是那場可恨的世界大戰。那些大家現在都能輕鬆去旅遊的鄰國，跟我們互相廝殺了好幾年。

我以補給兵的身分前往戰地，加入負責管理物資與補給工作的後勤部隊。我幾乎沒機會前往最前線，實在想不到自己竟然會受傷。

在我十九歲那年的三月九日，我在自己駐守的營地吃早餐時，突然聽到某種沉悶的聲響，下一瞬間就失去了意識。當我醒來時，已經是六天後的十五日了。我當時就躺在野戰醫院的病床上。

我醒來時腦袋莫名清楚，彷彿什麼事都不曾發生，卻失去了一隻手臂。軍醫告訴我，我們駐守的營地被長程火砲擊中，我被炸飛到好幾公尺外的地方，一隻手臂也被砲彈碎片炸成重傷，必須把整隻手臂截肢才能保命。

當時在我身旁的幾名同袍都被當場炸死，而我撿回了一命。儘管我不是失去慣用手已經算是不幸中的大幸，但畫家的手永遠不嫌多。我受到很大的打擊，覺得世界彷彿失去了色彩。

我是在四月一日那天再次見到玲依。我當時已經從野戰醫院被移送到後方的醫院，每天都在跟疼痛的傷口苦戰。

地點是醫院的屋頂。那裡禁止患者出入。這當然是為了防止患者自殺，然而我還是運用過去當鎖匠時學到的技術，每天擅自開門跑到那裡。雖然無法畫畫，我仍然想把景色烙印在眼底。

玲依突然從曬衣架上的床單後面現身。她就跟我們過去幾次見面時一樣，容貌與聲音都沒有改變。

「你今天也一臉悲傷呢，瑞德彼維．布維維維布．彼艾茲德維維茲普。發生什麼事了？」

我單方面對玲依不斷訴苦。難道妳沒看到嗎？我的身體變成這樣，連要做普通的工作都有困難。我今後又該怎麼繼續畫畫？我把自己心中的怒火全都發洩在玲依身上，但她還是默默聽我說完，然後平靜地告訴我：

「如果你失去工作能力，那就以畫畫維生吧。你要盡可能找個熱鬧的大城鎮，搬到那裡定居，在眾人面前畫畫。你要拚盡全力，直到有人願意買下你的畫。不管過程多麼艱難，你都要堅持畫下去。」

我從未有過這種樂觀的想法。我一直都為求溫飽拚命工作，認為在閒暇之餘畫畫是一種對自己的賞賜。

我反問玲依：我真的可以這麼樂觀嗎？當時的戰況也很不好，全體國民都處在恐懼之中，擔心我們會戰敗亡國。我也說出了這個擔憂。

「你放心。雖然戰爭還會拖四年，但這個國家不會戰敗亡國。」

玲依用天神睥睨眾生般的語氣，輕描淡寫地這麼告訴我。

「你千萬不能絕望，因為絕望會讓人心死。你要用剩下的手臂一直繼續畫下去。」

這會為我帶來什麼？我這麼問她。

玲依靜靜地微笑（看起來是這樣）並回答：

「這樣你就能再見到我。」

一陣強風吹過屋頂，被吹走的床單蓋住了我。當我用剩下的手臂拿開床單時，玲依已經失去了蹤影。

我不再絕望。我聽進玲依的建議，擅自認定一切都會變好，決定今後要懷著希望活下去。

雖然戰爭還沒結束，但我傷退除役了。我沒有回到故鄉，而是搬到首都居住，靠著傷殘軍人的撫卹金還有用剩下的手臂打零工賺來的錢餬口，把所有財產都用在畫畫上。玲依沒有騙我，戰爭真的結束了。

後來發生的事，我已經在許多場合回答過了，應該有許多人都知道。我著了魔般在首都四處畫風景，結果被報社看上，成了一名插畫家。這讓我有餘力慢慢繪製大型畫作，將那些畫拿去賣錢，成為足以養活自己的畫家。

我只用短短幾句話就帶過這個過程，但我可是花了二十年才能靠著畫畫養活自己。儘管過程非常辛苦，現在回頭看當然覺得很開心。在那段勇往直前的日子裡，我心中就只有希望。

回想起來，我發現自己當時其實不想見到玲依。雖然我覺得我們還會見面……我擔心她只會在我遇到人生危機時出現，也懷疑她只是我腦袋裡創造出來的幻影。我把這種想法寫在日記裡。

我們第四次見面的時候，我已經是個能養活自己的畫家，完全不覺得自己遇到了人生的危機。

「你快點去醫院！」

事情發生在我四十二歲那年的三月十一日。我在首都郊外蓋了一間新畫室，獨自在裡面靠著陽光描繪花瓶與花朵時，玲依出現在我身後，氣勢洶洶地對著我大吼。

我放下畫筆回過頭去，發現玲依正瞪著我。她當然還是沒有變，也穿著同樣的服裝。即便時隔幾十年，玲依還是原本的她，就跟我在五歲的那一天抬頭仰望看到的樣子毫無分別。

能見到她讓我很開心，不斷向她表達謝意，說我能活到現在都是她的功勞，然而我才剛說完這些話，玲依就叫了出來。

「別說那麼多了！瑞德彼維．布維維維布．彼艾茲德維維茲普！你現在就去醫院，請院方用最新型的儀器幫你做全身檢查！聽到沒有！」

我想起當兵時的感覺了。這是長官命令部下的語氣。

我請她給個理由。畢竟我的身體很正常，這二十年來也不曾生病，就只有失去的手臂偶爾會痛。

「你快去就對了，別問我理由。」

這句話充滿魄力。因為我想趁陽光會從窗外筆直射進來的這段時間完成這幅畫，即便明知只是白問，我還是問她能不能等我畫完再去。

「快去。如果你今後還想繼續畫畫！就照我說的去做！」

好啦，我去就是了——我放棄掙扎（後來又過了一段時間，我靠著冬天的陽光畫完這幅畫，而這幅畫就是目前擺在佐魯德魯布魯貝巴茲德美術館展示的《冬季花瓶》）。

我試著小小抵抗了一下（畢竟我都是個四十二歲的大人了）。我問她如果我馬上去醫院檢查，她是否願意給我獎勵（這哪裡像大人了）。

玲依笑了出來（看起來是這樣），說出讓我十分開心的話。這個願望一直藏在我心底，但我總是開不了口。

「那我就給你獎勵吧。如果你乖乖去醫院，下次見面的時候，我就當你的模特兒。」

我就是在那次檢查的時候，發現體內長了惡性腫瘤。

後來經常有人問我這個問題。為什麼我會在還沒有初期自覺症狀的時候就跑去醫院檢查？醫生也經常問我這個問題。雖然能發現腫瘤確實是多虧了最新型的檢查儀器，但我為何會在那一天到醫院做那種昂貴的檢查，找出勉強能被儀器找到的細微腫瘤呢？

「因為從我五歲時就不曾改變樣貌的玲依叫我無論如何都要去檢查。我不敢違抗她的命令，而她說好要給我的獎勵又是我朝思暮想的東西。」

我當然沒有這樣告訴任何人。要是我這麼說了，別人應該會覺得我腦袋不正常，把我抓去檢查吧。

後來，我就開始跟全身各處長出的惡性腫瘤共存。不即不離，每年身體檢

查的結果也讓我時而高興，時而擔憂。不過，身體有病痛確實反而會更重視健康，我沒有死於疾病，也沒有失去繪畫的能力，還是活到了今天，這全是醫生與尖端醫療技術，還有玲依的功勞。

玲依告訴我，下次見面的時候，她願意當我的模特兒。

她口中的「下次」到底是什麼時候？我懷著這個疑惑，時間就這樣流逝。可是，我從不認為玲依再也不會出現。

三十年轉眼間就過去了。

雖然身為畫家的名聲給我許多幫助，但也讓我無法不跟別人打交道，而這令我感到非常痛苦。我更想要時間，讓我畫下一幅畫的時間。

我沒有結婚，也沒有花掉賺來的錢，就只是獨自畫個不停。社會大眾應該都覺得我是個怪人吧。

到了七十八歲的時候，就算撇除疾病的問題，我也能強烈感受到身體變衰弱了。就在這時，我在一月四日過生日那天，再次見到了玲依。

就目前而言，這是我們最後一次見面。

因為只是半年前的事，我還記得很清楚。

那天早上，我跟往常一樣走進畫室，結果發現玲依坐在裡面等我。她在剛好能舒服享受陽光的地方，坐在一張矮凳上。

玲依當然沒有變，不過看起來好像跟過去有些不同。

她是在緊張嗎？我甚至覺得她好像在微微顫抖。不過，我覺得玲依這種表情非常美麗。

嗯，沒錯，早在我五歲那年，就一直覺得玲依很美了。到了這把年紀，我才終於發現這件事。

「你好，我來當你的模特兒了。準備好了嗎？」

「嗯，我一直在等妳呢。」

為了隨時都能畫下玲依，我早就做好所有準備。吩咐警衛別讓任何人進到畫室之後，我便開始畫玲依了。

我先幫她畫了素描，然後開始在畫布上打草稿。我充分運用剩下的手臂，畫的速度相當快。就算她沒說出來，我也知道自己只有今天可以畫她。

時間靜靜地流逝。玲依有些緊張地開口了。

「你可以陪我說說話嗎？」

「當然可以。」
「可是，我們要聊什麼才好呢？」
「那麼，我可以問妳幾個問題嗎？」
「請說。」
從五歲那年就一直藏在心裡的問題，直到這天才有機會說出來。
「玲依，我明明已經變得這麼老了，為什麼妳都不會改變？」
「我是不會改變的。因為我最喜歡這張臉，最喜歡這身衣服，最喜歡這個髮型。」
「原來如此。那麼，妳可以告訴我原因嗎？」
「原因很簡單。因為我第一次見到你的時候，就是這樣的長相、服裝與髮型。」
「原來如此。就是因為這樣，我現在才能畫下當時的妳。」
後來，我們再也沒有交談。
那是一段美好的時光。我用連自己都感到傻眼的速度完成上色與修改細節，畫出玲依的肖像畫。儘管應該不會有人相信，我只用了不到一天的時間就完成了那幅畫。

太陽甚至還沒西沉，我就放下了畫筆。

「我畫好了。我想讓妳看看。」

聽到我這麼說，玲依平靜地回答：

「我早就看過了，你不需要特地給我看。你畫得很棒，我好開心。」

「果然，這樣我總算想通了。謝謝妳過去為我做的一切，今後也請多多指教。」

「不客氣。今後也請多多指教。」

我就這樣看著玲依，慢慢閉上雙眼，在心中數到八才重新睜開。

這裡剛才原本還有兩個玲依，但現在只剩下一個了。就只有目前擺在國立美術館供各位觀賞的玲依還留在這間畫室之中。

這就是一切。我願意向全世界的神明發誓，這些事都寫在我的日記當中，我寫的這一切全是事實。

當各位看著《玲依的肖像》時，心中應該只會有「不可思議的感覺」吧。

在我心目中，玲依是永恆不滅的存在。可以在這個世界留下她的倩影，我真的非常開心。我就是為此誕生的。

「玲依」今後應該會在國立美術館裡度過永恆的時光吧。

感謝各位願意看完我這個老人的回憶錄。

你們可能會覺得我在騙人，也可能覺得我在胡扯，為此感到憤怒。

不過，反正我到時候早就死掉，也沒辦法聽你們抗議了。

瑞德彼維・布維維維布・彼艾茲德維維茲普　於人生的晚年留筆

＊　＊　＊

總經理與玲依幾乎是同時看完。

「哇～～！」

「居然……」

她們兩人把文件擺在桌上，分別發出聲音。

因幡在她們閱讀回憶錄時泡好放著的咖啡早就完全涼了。

「這個人在最後發現真相了，他好聰明。」

聽到總經理這麼說，因幡默默點了頭。

「發現真相？什麼真相？——不對，我有個問題想先問清楚！為什麼會有這種事？我……是在什麼時候前往這個世界，做了這樣的工作？難道我失去記憶了？」

玲依明顯陷入慌亂，因幡便搖搖頭。

總經理喝了一口涼掉的咖啡，然後在她身旁開口解釋。

「錯了。玲依，那是妳以後要做的事情。」

「什麼意思？」

「我從頭開始解釋吧。因幡前往異世界或平行世界的時候，就算只有一秒，也無法回到比上次去的時候還要早的時間點。因此，他無法在那個世界做出類似時間旅行的事情。不過，如果是要前往更晚的時間點，他就能在自己想要的時間點前往自己想去的地方。」

「是啊，我以前確實聽說過這件事，我還記得。」

「可是，有些世界的時間流向不一樣。」

「咦？」

玲依看向因幡，總經理說了一句「交給你了」，讓因幡繼續接著說明。

「那個世界的時間流向跟我們這邊不同，時間是倒流的。就算我現在前往那個世界，也只能到比偷跑進美術館時更早的時間點。」

「居然……」

「所以，妳不是『曾經當過』那位畫家的模特兒，而是『之後會去當』。我每次前往那個世界，那個世界的時間都會倒流。順便告訴妳，《玲依的肖像》被擺在那間美術館，還有那位畫家死去，都已經是八十年前的事情了。」

「也就是說——」

玲依看向桌上。因幡點了頭，伸手指向那疊文件。

「沒錯，這就是劇本。妳今後將要前往那個世界好幾次，穿越到上面記載的日期，演出上面記載的劇情。妳要先前往擔任模特兒的那一天。那就是妳跟那位畫家初次見面的日子。」

「我懂了！所以我在畫裡的表情才會有些緊張對吧！因為我們是第一次見面！我當時的表情被他畫下來了！」

「沒錯。而妳在那之後要前往的時間點，就是在三十六年前叫他去檢查身體的那一天。」

「我必須不斷回到過去……最後前往那位畫家五歲的那一年對吧？那位畫

家初次見到我的那一天，就是我跟他永別的日子……原來是這樣……」
「在最後那天到來之前，都會由我在箱子裡補充畫紙與蠟筆。因為這是我的責任。」
「謎題幾乎都解開了呢。真的很不可思議。不光是時間的問題，我在畫室裡說的話也是——」
玲依拿起那疊文件，直接翻到最後一頁。
「我在這邊說了——『我是不會改變的。因為我最喜歡這張臉，最喜歡這身衣服，最喜歡這個髮型』這段話，不覺得很像夏目漱石的《三四郎》裡的一個場景嗎？」
「什麼？」
「咦？」
總經理與因幡都嚇了一大跳。總經理放下咖啡杯，問了這個問題。
「是這樣嗎？」
「是啊。那是廣田老師與三四郎的一段對話，也是廣田老師作的夢。我記得很清楚喔。」
「啊～～嗯，原來妳是個文學少女啊……算了，出處不是很重要，反正妳只要照著劇本說就行了。」

「那想出這段台詞的人是誰啊？」

因幡回答了：

「沒有那個人。妳只是看到這個劇本，照著說出來罷了。而那位畫家也只是寫下自己聽到的話語，讓我們得知了這段話。換句話說，這段話不是某人想到的。」

「既然這樣——」

玲依來回看向因幡與總經理，一臉不可思議地問道：

「要是我沒有說出這段話，又會發生什麼事呢？」

「不會有那種事。因為這件事早就發生了，過去是無法改變的，妳只能這樣去做。」

「啊～～我腦袋快亂成一團了！」

「妳不用想得太複雜。通常都是要先付錢才能拿到商品，但這次我們已經先拿到商品，所以現在非得準備付錢。事情就是這麼簡單。」

「是喔……不過我明白了！我會照著這個劇本，演好來自異世界的神祕少女『玲依』！」

玲依握緊拳頭，身旁的總經理便揚起嘴角。

「這份工作確實賺不到錢呢～」

「真的很抱歉。」

「不過，我們不是一直沒有好看的形象照嗎？就把這幅肖像畫當成玲依的形象照來用吧。反正這個表情很不錯，而且就算說這是一張照片，也不會有人懷疑，畢竟這可是能被國立美術館收藏的名畫！」

「謝謝妳的諒解。」

「這是個好主意呢！我會努力的！我要讓那位畫家幫我畫出這幅畫！不對，人家早就幫我畫好了！」

「因幡先生～～！」

「什麼事？」

「你怎麼沒有告訴我！那個世界的『居民』竟然是『章魚型外星人』！我差點就要被嚇死了！我還以為心臟要停了！想不到那位畫家竟然有八隻『會蠕動的觸手』——不對，瑞德彼維．布維維維布．彼艾茲德維維茲普先生打仗時斷了一隻，所以應該是七隻才對！」

「也是存在那種世界的。支配每個世界的智慧生命體原本就各不相同，妳不是也去過由玉米統治的世界嗎？」

「可是！我還是希望你可以先告訴我！」

「如果我先說了，妳就不會露出夾雜著驚訝和緊張的表情了吧？」

「是這樣沒錯啦！可是，那位畫家用七隻觸手同時作畫的樣子，我也想讓你親眼看看！」

「不了，我不想看。那接著該去叫他做健康檢查了。」

「在出發之前，請你先回答我一個問題！在那個充斥著『章魚型外星人』的世界，那些居民是怎麼看待《玲依的肖像》這幅畫？」

「噢，妳發現了一個好問題。」

「當然會發現吧！」

「我覺得妳不用知道喔。」

「我想知道！」

「那我就告訴妳吧。《玲依的肖像》被認為是那個世界的寫實主義畫派巨匠在晚年憑著幻想畫出來的可怕異形生物。大家都說那是世界最頂級的寫實魔物畫作，每位參觀者都在美術館裡感受無盡的恐懼。而那篇回憶錄也被當成一部看似平淡，實則瘋狂的科幻驚悚小說，廣受社會大眾歡迎。」

「啊——！」

完

第十一話
「偶像團體練習生殺人事件（上）」
—BetRAYers—

第十一話「偶像團體練習生殺人事件（上）」

——BetRAYers——

那間非常小的演藝經紀公司就位在城市裡的某個角落。

在民營鐵路的車站前方，有一棟毫無疑問是在昭和時代建成的狹窄住商大樓。外牆上都是可疑店家的看板，而那間經紀公司就位在三樓。

只要來到狹窄的梯廳——

「有栖川演藝經紀公司」。

就能看到掛著寫有這行文字的小型公司名牌，接著再走過那扇門，就能來到一個把會客室與辦公室結合起來的房間。

隔壁還有一個用毛玻璃窗隔起來的房間，掛著寫有「總經理室」的名牌。

就在這間會客室裡面——

「妳的下一份工作，就在平行世界的日本。玲依，我要妳去扮演偶像團體的練習生。」

有位男子正在說明下一份工作的內容。

他穿著成套黑色西裝，身高大約一百五十五公分，以男人而言算是相當嬌小。他有一頭很有特色的純白短髮，還有一雙圓滾滾的大眼睛，看起來就像是一位外國少年。

「好的！因幡先生！我明白了！那我們馬上出發吧！」

雪野玲依坐在對面的沙發上，很有精神地這麼回答。她是隸屬於這間演藝經紀公司的十五歲女高中生，穿著右胸口的巨大藍色緞帶很醒目的白色連身裙制服，用髮箍固定住及腰的黑色長髮。

「玲依，妳太心急了。」

在名叫因幡的男子身旁坐著一個穿著鮮紅色窄裙套裝的女子——這位總經理號稱年過四十，外表卻比實際年齡年輕許多。

總經理一手拿著裝有熱咖啡的馬克杯，看向坐在身旁的因幡。

「因幡，麻煩你繼續說明。」

「好的——玲依，這次工作有些複雜，我不能跟平常一樣在路上對妳說明，必須先在這裡跟妳開會討論。因為等我們前往那個世界之後，應該就沒機

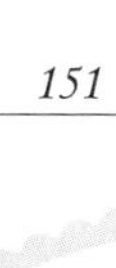

會好好討論了。」

「我……我明白了！很抱歉！」

玲依沒有拿起自己擺在矮桌上的馬克杯，一臉認真地看著因幡。

「首先，關於我們要前往的那個平行世界——那裡是歷史發展跟這個世界大致相同的日本。差別在於，那裡的經濟景氣正處於高點，還有就是那裡的科技發展比我們慢一些。說得具體一點，就是行動電話還不普及，也沒有網路與智慧型手機。以這個世界的科技水準來說，大概是一九八〇年代後半的程度吧。只要別在這點上露出馬腳，就算妳跟別人正常對話，大概也不會有人發現妳來自其他世界——應該說，誰也不會相信妳來自其他世界吧。到這裡，妳有沒有什麼問題？」

「沒問題。」

「我們兩個都要去參加女子偶像團體的『出道前的集訓』。那是由栽培出無數女偶像的知名製作人所打造的新團體，已經透過徵選挑出七名練習生。玲依，我要妳扮演『跳過徵選，從中途開始參加集訓的特別優秀的練習生』。」

「咦？這麼做沒問題嗎……？就各方面來說……」

聽到玲依這麼問，坐在對面沙發上的總經理露出笑容，滿意地點了頭。

「玲依，妳很聰明喔。妳是在擔心其他通過徵選的女孩會討厭妳吧？」

「是啊。那些一起通過徵選，早就開始參加集訓的女孩，應該培養出強烈的同伴情誼了。我覺得她們絕不會歡迎我。」

因幡依然擺著一張臭臉，滿意地點點頭。

「既然妳明白這個道理，我就不用解釋太多了。妳這次的工作，就是要去讓那些『早就團結一致的團員』討厭。」

「這是什麼意思……？」

玲依睜大眼睛，等因幡繼續說下去。

「我接下來要說一些讓人不太舒服的事，但這些事跟工作有關，還是要請妳聽完。簡單來說，那個製作人是個混蛋。」

因幡平靜地這麼說，語氣就跟說出「星期一的隔天是星期二」這種話一樣自然。

「什麼？是喔……」

玲依完全愣住了。

「因幡，你說話太難聽了～～」

總經理露出奸笑。

「因為我只能用這種說法——那個製作人是三十過半的男子，名叫『胡狼忠司』，這是他還在玩樂團時的藝名。離開由他擔任主唱的樂團，改行當製作人之後，他親手栽培出了許多偶像和偶像團體。在那個沒有網路，電視與收音機仍具有強大影響力的世界，就算那些女孩沒有成為『國民』偶像，也還是相當受歡迎，賣出了許多CD。」

「CD！好久沒看到那種東西了！不對，市場上現在好像還找得到吧。抱歉，是我失禮了。畢竟連黑膠唱片都有再次流行的一天。」

總經理興奮地這麼說。玲依問了：

「所以他在那個世界的音樂業界應該是個風雲人物吧……可是……你怎麼會……說他是個『混蛋』呢？」

「我原本不想讓妳知道這種事，但跟工作有關，還是得告訴妳——胡狼忠司濫用他身為製作人的權力，做了不少壞事。具體來說，就是他會跟那些想當偶像的十幾二十歲的女孩交易，以『讓她們出道』為代價，跟她們發生肉體關係，不然就是把她們變成自己的情婦，有時還會違背約定，沒讓那些女孩出道。據說他還會獻出那些女孩，讓她們去服侍他想打好關係的公司大人物。」

「天啊……」

玲依露出打從心底厭惡的表情。一旁的總經理不以為意地說：

「因幡，你剛才說他是個『混蛋』，但我覺得這個詞彙實在太慈悲了。要是讓我遇到，可能會把那隻豺狼大卸八塊。如果毛色還可以，我還要把他做成標本擺在經紀公司裡面。你覺得掛在那面牆上如何？」

因幡沒有回答總經理的問題，繼續向玲依說明。

「雖然也有些女孩對胡狼忠司言聽計從，出賣自己年輕的肉體，如願當上偶像，但有更多女孩的心靈與肉體都受到傷害，被迫放棄在演藝圈出道這個畢生的夢想。可能因為沒有決定性證據，或者他有大公司當靠山，就算打官司也贏不了，還是因為受害者收了高額的封口費，抑或是他有黑社會組織當靠山，可以用對方親人的生命威脅受害者，又或者他把這些招數統統用上了……總之直到目前為止，他的惡行從未被公諸於世。如果是在我們這個世界，就能用各種小型機器偷偷錄下影片或聲音，放到社群網站、部落格和影片分享網站，讓他無法逃過法律的制裁了。」

「這、這、這——這傢伙太惡劣了！我們這次的工作，就是要去痛扁那傢伙嗎？我要去！」

玲依氣得滿臉通紅，鼓起臉頰。

「不，妳錯了。我們這次的客戶就是胡狼忠司本人。」

因幡平靜地這麼說。看到玲依納悶地歪著頭，他又繼續說下去。

「胡狼忠司這次打算栽培一個全新的偶像團體——這其實是天大的謊言。他從一開始就不打算讓那些女孩出道。」

「怎麼說呢……？」

「他是想跟某個黑心的節目製作公司聯手，拍出一部能掀起熱潮，有機會衝高收視率的紀錄片。『一群成功通過徵選，立志成為偶像的年輕女孩，因為無法撐過出道前的嚴苛集訓，最後夢想幻滅』——這就是他寫好的劇本。」

「什麼？」

玲依聽不懂這些話的意思，總經理便出面幫忙解釋。

「換句話說，他從一開始就無意讓那些女孩出道，只想做一個讓那些女孩苦惱，因受到挫折而絕望的噁心節目。哎，這傢伙真是人渣～～竟然擁有能製作並播放那種節目的『寬廣胸懷』，看來那個世界的電視圈也很黑暗呢～～」

「太……太過分了！也就是說，那些女孩都是被騙去參加集訓的嗎！」

「沒錯。那場徵選就是以故意刁難那些女孩，不讓她們出道為前提所舉辦的。如果胡狼忠司在徵選中發現他願意認真栽培的明日之星，或是被他看上的

『獵物』，他應該會把對方叫到其他房間，讓對方參加內定好的下一場徵選，不然就是跟過去一樣要求對方跟自己發生肉體關係。只要再想到那些敢讓這種企劃通過的電視台人員，我就覺得很不舒服。」

「…………那我可以幫忙做些什麼？幫忙做標本嗎？還是幫忙把標本掛在牆壁上？」

「別把總經理的那些話放在心上。我剛才說過了，我們的客戶是胡狼忠司，而妳的任務是參加那場集訓。妳要憑著自己的實力，讓其他練習生感到絕望，放棄成為偶像。他打算利用妳的表現，若無其事地對其他練習生這麼說：『很遺憾，妳們無法達到她那種境界，不能讓妳們幾個出道。我打算讓玲依單獨出道。』妳不是那個世界的人，所以比誰都要適合這份工作。」

磅！

玲依用雙手拍打桌面——雖然力道不是很強，還是足以讓杯裡的咖啡掀起波紋。

「我才不接這種爛工作呢！」

「哎呀，玲依進入叛逆期了！」

總經理故意開玩笑。

「我就知道妳會這麼說。好，『既然本人說不要，就不接這份工作了』，這樣可以吧。」

因幡輕描淡寫地這麼說。

「咦？」

＊　＊　＊

「是雪耶～～！」

從經紀公司的地下停車場穿過漫長的隧道後，他們就來到了冰天雪地。小型四輪驅動車在大雪中奔馳。

車子開在一條蜿蜒陡峭的山路上，左右兩側還留有除雪過後的痕跡，以及將近兩公尺高的雪牆。雪牆後方詭異地靜靜聳立著許多杉樹，因為枝頭上還掛著雪，讓那些杉樹變得像是某種白色的妖怪。

汽車導航系統顯示的時間是下午三點，然而整片天空都是暗灰色，根本找不到太陽的位置。讓人無法看清楚天空的大量白雪正靜靜地飄落到這個無風的世界。

四輪驅動車的輪子全都纏上特粗的雪鍊，在高達成年人小腿的積雪之中努力行駛。

「雪下得好大喔！我還是頭一次看到這種大雪呢！」

玲依穿著制服和長羽絨外套坐在副駕駛座，看著雨刷來不及清掉的擋風玻璃積雪，說出自己的感想。

因幡穿著西裝與一件厚大衣。他小心翼翼地開著這輛因為乘客都穿得很多，暖氣沒開太強的車子。

「這裡是長野縣的某個地方，而位在偏僻深山裡的集訓地點就在這條路的盡頭。那裡原本是一間豪華旅館，卻因為交通太不方便而停止營業，結果就被財力雄厚的音樂業界買下來，當成攝影棚與集訓地點使用。」

「原來如此……」

「而這個地區將從今天開始發布大雪警報。就算開這輛四輪驅動車，也只是勉強還能行駛。今後幾天應該會完全來不及除雪，這條路也會封閉，讓這裡變成誰也無法出入的地方。如果把今天算進去，集訓還剩五天。真不曉得這是偶然還是我們運氣好，這樣外人就無法進來，裡面的人也無法逃離這裡了。」

「我知道這種狀況！這就是偵探小說裡所說的『封閉空間』！」

因幡側眼看向副駕駛座。
「這種奇怪的事妳倒是很了解。看來妳以前真的是個文學少女……」
「你說什麼？」
「啊，不，沒什麼。」
「是喔……」
玲依納悶地歪著頭。
「就在眼前了。那就是我們要住的地方。」
因幡重新看向前方。
在這個下著大雪的灰色世界中，先是隱約冒出一個白色的影子。車子開過去之後才能看出那是牆壁，讓人明白「那裡有一棟建築物」。
那棟建築物非常巨大，就像一座聳立在雪山裡的要塞。
有著歐洲風格的白色牆壁與黑色屋頂，造型相當精美。
寬應該有幾十公尺，而且朝這裡突出，劃出一道平緩的弧線。
建築物有五層樓高，如果把有凸窗與小陽台的三角屋頂也算進去，高度應該有二十五公尺。
斜面很陡的屋頂上幾乎沒有積雪，但還是有許多巨大冰柱，像是野獸的利牙般懸掛在屋簷邊緣。

那些三樓以上疑似客房的房間都有著寬敞的陽台，以及充滿曲線美感的精緻欄杆。而每個房間的陽台之間也都用隔板隔了開來。

在那道圓弧最突出的地方，也就是建築物的中央，有一個直到二樓都打通的巨大門廳。門廳前方有寬廣的門廊，就只有那裡沒有積雪。他們還能看到鋪著五顏六色磁磚的地板。在房屋的左右兩側各有一道樓梯，設置在有著玻璃牆面的樓梯間。

房屋旁邊有一塊從森林開拓出來的平坦空地。

那片覆蓋著綠色網子的雪地是網球場和籃球場。而在那個疑似停車場，懸掛著橘色路燈的地方，也停著幾輛把雨刷立起來的車子。車子似乎已經有好幾天不曾發動，早就被積雪壓在底下，變成像是「雪屋」。

玄關旁擺著一台附有引擎的紅色小型除雪機，但也早就被雪埋住，成了人類放棄對抗快速累積的積雪的證據。

車子緩緩開了過去，玲依在車上說出自己的感想。

「哇～～……想不到在這種深山裡竟然有這麼豪華的房屋。這裡就是集訓地點……」

「據說這裡曾經是住一晚要好幾萬圓的旅館。因為周圍沒有其他房屋，不管要怎麼吵鬧都行。這裡好像經常被人用來拍攝電視劇。這只是題外話，這間旅館還從天然溫泉拉管線進去，蓋了一座大浴場。房屋旁邊還有一座寬廣的源泉掛流式露天浴場。」

玲依立刻看向駕駛座。

「露、天、浴、場……！那、那不就是！賞雪露天浴場嗎！」

「沒錯。」

「我從來沒去過賞雪露天浴場！我想去泡看看！我有機會去嗎？」

「我剛才說過了，我們要在這裡工作好幾天，我想應該有機會吧。」

「太棒了！我好開心！」

「別把工作拋到腦後喔。」

「我……我當然不會那樣！你——你以為我們是來做什麼的啊！」

「有妳這句話，我就放心了。」

四輪驅動車開到門廊底下，雪鏈讓磁磚地板發出沉悶的聲響。

「各位，我要介紹一位新來的練習生給妳們認識！她就是『零』！」

從旅館一樓的餐廳看出去——什麼都看不見。

巨大窗戶外，夜晚的漆黑與白雪覆蓋了一切。因為濕氣變得模糊的玻璃隱約映出室內的光景。

現在是晚上七點，在這個有著挑高天花板，豪華程度不遜於高級餐廳的地方，聚集了十多個人。

其中一人站在房間角落的講台上，用宏亮的聲音這麼說道。這名男子就是胡狼忠司，他年約三十過半，長得很高，一頭黑色短髮，穿著非常合身的深藍色西裝。比起音樂製作人這個身分，他看起來更像一個能幹的商業人士，跟名字給人的印象天差地遠。

餐廳裡還有四個負責拍攝的工作人員。

其中一個攝影師扛著大型攝影機跑來跑去，忙著拍攝影片；還有兩個人手裡拿著小型家用攝影機，其中一人是女性，另有一名男子站在後面監督他們。

他們都是使用笨重的錄影帶式攝影機。在玲依他們的世界，那些都是三十年前的舊機型了。就連負責監督的男子擺在桌上的電視，都是有著大屁股的映像管電視。

講台上的胡狼忠司旁邊還站著另一個人。

「大家好～～！請多多指教～～！我是『零』！今年十五歲～～！」

那就是脫下制服，換上對方提供的成套運動服的玲依。那是一套灰色的運動服，左側胸口縫著一塊布，上面用黑色麥克筆寫著「零」這個字。

她戴著印有細緻圖案的寬版髮箍，將長髮固定起來，右胸口別著一個大型假花胸針。

「我聽說各位已經待在這裡五天了～～！而我竟然跳過徵選直接中途參加，真是不好意思～～！不過～～我也想在胡狼忠司這位製作人的帶領之下～～成為表演歌舞的偶像～～！所以～～我會努力的～～！」

玲依用從頭頂發出的高亢聲音這麼說。這當然只是演技，她說話的時候還跳個不停。

大型攝影機將鏡頭對準玲依，而玲依也對著鏡頭眨了眼睛。

「這位是零的經紀人，因幡先生。」

胡狼忠司向眾人介紹站在講台角落的因幡。因幡穿著平常那套西裝，稍微低下頭。胡狼忠司繼續補充說明：

「沒錯，零已經與經紀公司簽約，準備單獨出道了。可是，我看上了她的才華，無論如何都想讓她加入這個團體，才會厚著臉皮邀請她參加集訓。妳們明天上課時應該就會明白了，她真的很擅長唱歌跳舞。妳們也不能輸給她喔。要是妳們輸掉了，團名說不定會變成『零與她的快樂夥伴』。」

胡狼忠司半開玩笑地笑著這麼說，讓坐在大型長桌四個角落的四名女孩一瞬間露出凶狠的眼神，瞪著胡狼忠司與他身旁的玲依——在玲依看來是這樣。

「那就麻煩妳們輪流自我介紹吧！站起來報上妳們的『集訓代號』與年齡，順便說出妳們對這個偶像團體懷有的抱負。」

胡狼忠司伸手一指，離他最近的女孩站了起來。

「小零，因幡先生，很高興認識你們。」

每個女孩都穿著運動服，但顏色都不同。而這位女孩是穿著藍色運動服。她留著一頭黑短髮，身高應該有一百七十公分，是個高個女孩。她有種穩重的氣質，看起來像是她們之中最年長的人。

「我是『一號』，今年十九歲，請多多指教。說到我的抱負，當然是成為日本的頂尖偶像團體。我長得比其他團員高，應該是我們之中最上相的人。希望妳們能把這個團體的C位讓給我。」

玲依看著如此斷言的一號——也看到另一位女孩表現出不屑的樣子。

「下一個。」

一位穿著深藍色運動服，看起來最文靜的女孩站了起來。她有著淡褐色短鮑伯頭，身高跟玲依差不多，都是一百五十公分左右。

「我……我是『三號』……」

三號用有氣無力的聲音這麼說。

「太小聲了！大聲點！」

胡狼忠司揮了揮手。

「對……對不起……」

玲依聽著這些，想起她跟因幡幾個小時前在經紀公司的對話。

「那些練習生在集訓期間只有編號。因為胡狼忠司想隱瞞她們的本名，也懶得給她們藝名，只想在最後把她們趕走，就直接叫她們『一號』、『二號』或『三號』了。」

「天啊！太過分了！」

「確實很過分。不過，這也剛好讓妳可以直接使用原本的名字。」

「怎麼說呢？——我知道了！『玲依』聽起來跟『零』很像……」

「沒錯。順便告訴妳，二號、五號跟六號都已經離開集訓地了。」

「為什麼？」

「因為——」

「我今年十七歲……至於我的抱負……我連自己是不是真的有資格成為偶像……都還不是很有信心……可是，這是我畢生的夢想……我不想失去……這個機會……只要加入偶像團體……得到其他同伴……我應該就能辦到……」

三號吞吞吐吐地這麼說，一副很沒自信的樣子。

「妳也許覺得這是好事，但可不要扯我後腿喔。」

坐在她斜對面的另一位女孩很開心似的用開朗的語氣這麼說。她就是剛才——看似對一號的發言表現出不屑的女孩。

「好的……」

三號就這樣低著頭，慢慢坐下，換成那個女孩站了起來。

她穿著黃色運動服，把一頭黑色長髮綁成馬尾。五官端正，給人的感覺跟玲依有點像。

「我是『四號』，今年十五歲，是我們之中的頭號美少女！當然，小零也沒我漂亮！別以為自己贏了喔！」

她說話很不客氣。

不僅是說話，連眼神都很凶，毫不掩飾地瞪著周圍的人。

「我對唱歌跳舞也很有信心。老實說，我覺得這裡只有我夠資格出道當偶像——胡狼先生～你認為呢？」

小型攝影機把鏡頭對準四號的臉，大型攝影機則對準了胡狼忠司的臉。

「四號，只有組成團體才會引發化學變化。我當然認同妳的實力，但那種化學變化有時候可能會凌駕於個人實力——我應該第一天就告訴過妳們這個道理了。」

「有那種事嗎？不過，我們當時還有七個人呢～～！其中三個已經離開了。我只希望那種變化不要因此變弱就好。」

胡狼忠司沒有馬上回答，而是等到攝影機靠近才開口。

「真是說不過妳呢。」

他誇張地聳聳肩膀。

毒舌少女看向玲依。

「小零，請多指教。如果對象是妳，要我跟妳組成雙人組也行。我很期待喔。讓我們兩個一起努力吧。」

鏡頭也對準玲依。

「嗯～～我不知道未來會如何～～不過我也想好好努力！請多指教！」

她用尖銳的假音這麼回答。

四號不屑地笑了出來，轉頭看向在房間角落待命，身旁擺著推車的服務人員。推車上已經放著晚餐要吃的沙拉。

「既然大家都做過自我介紹了，也差不多該吃晚飯了吧？我好餓喔。」

「妳是在找碴嗎？」

坐在四號旁邊的女孩用充滿魄力的聲音這麼說，讓鏡頭轉了過去。四號無視對方的存在，連看都不看一眼。

「我是『七號』。小零，請多指教。」

女孩起身說出這句話。她有著一頭微微泛紅的中長髮，長得很高，膚色較深，鼻梁高挺，五官深邃，穿著紅色運動服。

「我今年十八歲，如妳所見，是個混血兒，只是半個日本人。我的本名很長。我從幼稚園時代就開始痛扁那些嘲笑我名字的傢伙，結果個性就變得這麼可愛了。」

三號

「妳好意思說自己可愛？」

「四號，妳很吵耶。欠扁嗎？」

「我記得動粗的人好像得退出集訓？真想看看妳被趕走的樣子～～」

「妳想讓我動粗是吧？」

「反正只要有我跟小零在，團體就能成立～如果妳想練拳頭，拿那張桌子練不是正好嗎？」

「下一個就輪到妳了。」

鏡頭緊盯著爭吵的四號與七號。

一號擺出事不關己的樣子，三號則是默默低著頭。

晚上十點。

屋裡迴盪著變更強烈的風聲，還有飄雪打在窗戶上的聲音。

〈我回到房間了。〉

玲依在液晶螢幕上輸入文字，然後傳給因幡。

她被分配到的房間位在四樓，而且是獨自住一間。所有練習生都住在四樓，禁止男人進入。

這個房間原本是旅館的標準雙人房，有著長方形的寬敞空間，擺著兩張又大又厚的雙人床。在寬敞的窗戶外面有個陽台，被風吹進來的雪在屋簷底下堆積起來。

電視櫃與衣櫃這些家具也都是高級品。也許是考慮到可能會有長期居住的客人，房間裡還有具備流理台和瓦斯爐的簡易廚房，以及大型家用冰箱。

靠近走廊的地方還有洗手間跟浴廁分離的寬廣浴室。

玲依躺在床上，用羽絨被蓋住頭，注視著手裡的小型平板電腦。

〈後來還有發生什麼事嗎？〉

玲依拿在手中，這個世界所沒有的平板電腦突然震動，螢幕也發出微弱的光芒，顯示出因幡傳過來的訊息。

因幡說這個世界還沒完成通訊系統的基礎建設——雖然玲依完全不明白其中原理，但她仍可以透過無線通訊傳送資料。

氣氛險惡的自我介紹時間結束之後，進入晚餐時間，玲依和因幡都吃了一頓大餐。

四號與七號在用餐時還是經常起口角，幾乎沒有理會玲依。一號靜靜用餐，三號也一直低著頭。

玲依忙著敲打顯示在平板電腦螢幕下半部的鍵盤，雖然經常打錯字，還是打出一篇長文傳出去。

〈小七找我一起去露天浴場洗澡，但我有按照你的吩咐，沒在今天過去泡湯。不過我明天無論如何都想去泡湯。練習生住的四樓很舒適，也很安靜。房門全都鎖上了。我還在走廊發現了監視攝影機，而且數量很多。那些攝影機都在錄影，我想應該是要用來製作紀錄片吧。至於房間裡有沒有針孔攝影機，我就不得而知了。〉

過了幾秒，她就收到了回覆。

〈做得好。我住在三樓的三〇七號房。為了應付明天的挑戰，妳今天還是早點休息吧。千萬別使用房間裡的電話，因為有可能被錄音。記得拿出藏在髮箍和胸針裡的攝影機，把拍到的影片資料儲存起來，也要記得充電。妳就用浴室裡的插座充電吧。我想浴室應該不至於藏有針孔攝影機——希望如此。〉

玲依躲在棉被裡看到這段話。

「唔呃！」

小聲叫了出來。

隔天。

風雪變得更大了。

門廊旁邊堆滿被強風吹進來的雪。因幡那輛從昨天就停在旁邊，蓋上車罩的車子，早就有一半都埋在雪裡了。

這棟房屋的一樓有練習室，寬敞的房間原本是宴會廳，裡面有平坦的地板，還有掛著吊燈的挑高天花板，而且有一整面牆是後來加裝的鏡子。

玲依正在練習室裡唱歌跳舞。

牆上的時鐘指針指著九點半。

擺在練習室裡的大型音響播放著音樂，玲依拿著麥克風，隨著音樂唱歌跳舞。那是也存在於這個世界，曾經風靡一時的「做作系偶像」留下的名曲。

玲依穿著運動服，擺動著髮箍後面的長髮，清澈的歌聲在練習室裡迴盪。

而觀眾就是四名穿著運動服的偶像練習生，還有胡狼忠司與因幡，以及負責拍攝跟操作音響的工作人員。

玲依對著鏡子露出笑容，在練習室裡揮灑著汗水，唱完整首歌之後，歌曲尾奏還沒播完，音樂就停止了。

「很好！真是太出色了！」

胡狼忠司鼓掌喝采。

「妳們幾個有何感想？零的實力還行吧？」

主要攝影機把鏡頭轉向四名練習生，拉近距離，清楚拍下她們的表情。

「她真的很有實力。」

一號輕描淡寫地這麼說，但冷靜的表情顯露出些許不甘心。

「好厲害……我根本不可能做到那樣……」

三號跟昨天一樣毫無霸氣。

「跟我一樣遠遠贏過別人呢！」

四號毫不膽怯地這麼說。

「她的表演很精采，也很可愛……給人一種明白該怎麼吸引人的感覺！」

七號似乎很開心，興奮地說出感想。

「我接下來要對妳們說重話，但妳們還是要聽進去。」

胡狼忠司走到四名女孩面前，背對著攝影機說話。

「妳們看完之後應該明白了吧。這就是能單獨出道的人該有的實力。我當初是認為妳們幾個有潛力，才會給妳們機會。妳們就是尚待琢磨的原石，而如果沒有琢磨，原石就永遠不會發亮。換句話說，雖然我們必須努力，但妳們更要比別人加倍努力。老實說，我覺得妳們還沒做好成為職業藝人，在嚴苛的演藝界求生存的心理準備。也就是說──」

為了讓紀錄片更精彩，胡狼忠司滔滔不絕地訓話。四名女孩垂頭喪氣地聽著那些話，三台攝影機也一直把鏡頭對著她們。

不再是鏡頭的焦點後，玲依悄悄走向站在練習室角落的因幡。

「這樣可以嗎？會不會做得太過火了？」

然後用非常小的音量這麼問。

「不會。繼續保持下去。」

因幡同樣小聲地回答。

上午的舞蹈課程結束了。

那段時間主要都是在鍛鍊四名練習生，玲依暫時不需要做任何事情，一直待在練習室角落看其他人練習。

四名女孩在女舞蹈老師的指導下各自努力跳舞，然而每個人都跳得比玲依差——

尤其四號昨晚說了最多大話，卻是最常跳錯的人，而且每次跳錯都會被舞蹈老師罵。反倒是三號最會跳舞。

課程在十一點半結束，到了十二點左右，在廚房做好的豪華便當就被送了過來，讓大家拿回自己的房間用餐。

之後直到下午四點都是自由活動時間；下午四點到七點則是歌唱課程。吃過晚餐後，晚上九點到十二點這段時間，每個人都可以到練習室自主訓練。

〈我有個問題。為什麼只有中午吃便當呢？還有，你不覺得午休時間太長了嗎？〉

吃完午餐，玲依鑽進棉被裡，用平板電腦向因幡發問，然後確認因幡立刻做出的回覆。

〈表面上是為了讓那些女孩「念書與自主練習」，其實是因為胡狼忠司在那段時間還有其他工作。如果他缺席，就拍不到有趣的畫面。那些沒機會出道的女孩努力練習的景象並不是節目的主要賣點。這樣也能順便讓負責拍攝的工作人員休息。〉

「原來是這樣啊……」玲依小聲說道。

哐鏘！房間裡在下一瞬間發出巨響。

「呀啊！」

玲依從床上跳了起來，把臉伸到棉被外面。寒風吹撫過她的臉龐。原來是區隔還在下雪的室外以及開著暖氣的室內的大片玻璃被打破了。

面向陽台的拉門上有四片玻璃，其中左右兩片玻璃被某種東西從外面砸到，破了一個跟人頭差不多大的洞，洞口旁邊出現許多裂縫。玻璃碎片飛進屋裡，散落在長毛地毯上。

越發猛烈的風雪甚至灌進了屋裡。

「好冷！」

玲依的長髮隨之飄舞。

「我猜是冰柱從屋簷掉下來，被強風吹到陽台欄杆上，彈跳後碰巧撞破玻璃——不過，這間屋子的屋簷離底下的陽台很遠，過去不曾發生這種事……」

一名自稱是這間旅館的負責人，在西裝左側胸口掛著寫有「鹿野山」的名牌，年過四十的中年男子，面對玲依和因幡，有氣無力地這麼解釋。

玲依房間裡的溫度跟外面幾乎一樣，偶爾還會有雪花飄進來，讓房裡變得更冷，所以他們每個人都穿著羽絨衣或大衣。

散落在窗邊的玻璃碎片中夾雜著巨大的冰塊。而那些冰塊正在逐漸融化消失，就像要湮滅證據一樣。

「現在只能請雪野小姐搬到其他房間了。幸好妳沒有受傷。我身為這裡的負責人，必須向妳致上最深的歉意。真的很抱歉。」

鹿野山深深低下頭。

「沒——」

玲依正準備說出「沒關係」這句話——

「就是說啊！要是她的臉受傷了，你們要怎麼賠償啊！這可不是『道歉就能解決』的事情！」

可是，因幡突然盛氣凌人地大聲怒罵。這讓旁邊的玲依嚇了一跳，但她很快就發現因幡是在演戲，於是決定閉上嘴巴。

「您說得完全正確……真的很抱歉……」

「要給她的新房間也在四樓嗎？」

「是的。有位練習生在前天退出集訓，她用過的房間已經打掃完畢。胡狼先生交代過我，要讓練習生全住在同一層樓，除非遇到緊急情況，否則不准讓男人踏進一步——」

「這件事我也知道，不過要是同樣的事情再發生，我可就傷腦筋了。讓她搬到我在三樓的房間隔壁吧。我記得那是空房。如果胡狼先生有意見，你就叫他自己來跟我說。玲依，把行李收拾一下。」

「啊，好的。」

玲依的房間位在一號與三號的房間之間，而四號與七號的房間則是在最外側。當玲依收拾好行李，跟因幡一起走出房間時，四名女孩全都打開自己房間的門，從門縫探出頭來，看著玲依與因幡。

玲依發現後，故意拉高聲音說：

「哎呀～～我好像打擾到大家了～～！都是因為玻璃被冰柱打破了～～！我～～！要搬到經紀人在三樓的房間隔壁了～～！」

「那個……妳有受傷嗎……？」

三號走了過來，有氣無力地這麼問。

「我完全沒事～～！就連擦傷都沒有～～！讓妳擔心了～～！」

「太好了……妳沒事就好……」

「對了！我要提醒妳們～～風太大的時候～～最好不要站在窗戶附近～～！如果睡在靠內側的床～～或許就能放心了吧～～」

玲依的聲音在走廊迴盪。

「我明白了。我們也會多加小心的。」

一號在她身後這麼說。

玲依與因幡離開四樓後，鹿野山就把旅館的工作人員叫過來。

一群男人把用來修補窗戶的三合板，以及支撐三合板的厚木板帶過來，然後跟鹿野山一起走進房間，開始用粗釘把木板牢牢釘在窗框上。

施工的聲音連在走廊上都聽得到。

「傷腦筋，看來是不用睡午覺了。我還是去洗個澡算了。」

一號說完就拿著裝有毛巾跟換穿衣物的包包走向電梯，還對準備回房的三號說：

「妳要不要偶爾陪我一起洗個澡？大家都是同個團體的成員，裸裎相見也不錯喔。」

「還是算了……我沒辦法……在別人面前……光著身子……再見……」

三號有氣無力地拒絕這個提議，然後準備回到自己房間。

「啊，那我可以拜託妳一件事嗎？」

一號再次叫住她。三號回過頭去。

「妳的洗髮精可以借我嗎？我的在早上用完了。」

「這倒是沒問題……妳等我一下……」

三號走進房間，很快就再次走出來，把一瓶粉彩色的洗髮精拿給一號。

「謝啦。我是不是早點還妳比較好？」

「啊，對……等妳洗好澡回來……就敲門叫我吧……」

「我知道了。」

看著三號走進房間並關門上鎖後，一號穿過走廊走進電梯。

她沒有前往位在一樓角落的大浴場，而是帶著所有東西進到浴場旁邊的廁所。

一號穿著運動服坐在馬桶上，慢慢轉開三號拿給她的洗髮精瓶蓋。

把洗髮精的瓶子倒過來，用橡皮筋綁在一起的紙團跟筆就掉了出來，被一號用手掌接住。她拿掉橡皮筋，把紙團攤開來。

「…………」

一號默默看著寫在上面的文字。

〈因為大自然的惡作劇，讓我幸運地搬到你隔壁的房間了呢。這是一間單人房，比之前那間小，不過也夠寬敞了。〉

玲依來到位在三樓的單人房，躲在棉被裡操作平板電腦，傳訊息給因幡。現在已經下午一點多了。

她很快就收到回覆。

〈跟大自然無關。打破妳房間窗戶玻璃的犯人，就是住在妳隔壁的一號與三號。〉

玲依用變快許多的速度輸入文字，回了這樣的訊息。

〈不會吧？她們是怎麼做到的？〉

〈她們唯一能用的手法，只有從自己房間的陽台把巨大冰塊砸在妳房間的

窗戶上。〉

〈可是，陽台之間不是都有很大的隔板嗎？窗戶玻璃也很堅硬，她們有辦法從陽台探出身體，拿東西砸碎玻璃嗎？再說，她們又要怎麼弄到足以砸碎玻璃的大冰塊？掛在屋簷上的冰柱根本拿不到。難道她們是去撿掉在地上的冰柱？這樣不會太顯眼嗎？〉

等了一段時間後，玲依收到一篇很長的回覆。

〈這只是我的猜測，我想應該八九不離十，如果我是她們就會這麼做——首先，關於用來作案的大冰塊，只要在前一天收集陽台上的積雪，使勁塞進垃圾袋裡面，然後放進冰箱的冷凍庫就能輕易做出來。至於投擲冰塊的方法，憑她們的臂力，想從護欄探出身體丟出那麼沉重的大冰塊，當然是不可能的事。因此，她們必須利用細長型的運動毛巾。她們可以把毛巾其中一端綁在手腕上，再用毛巾中央包住冰塊，然後用雙手握住毛巾的另一端，從陽台邊緣使勁甩出冰塊，讓冰塊繞過隔板。只要抓準時機放手，離心力就會把冰塊從毛巾甩出去，砸向妳房間的玻璃。現在的風雪這麼大，就算她們在陽台做這些事情，也不會被別人看到。她們之所以算準時間同時做這件事，應該是為了防止有人失手吧。〉

玲依對這段推理感到佩服，同時忙著打字回覆。

〈原來是這麼回事！如果這就是真相，那她們兩個就是故意要對付我，把我從這裡趕出去嗎？〉

〈我想應該就是這樣吧。因為對她們兩個……不，對她們四個來說，妳就是個絆腳石。之前退出的三個練習生，也很可能是被她們四個捉弄趕走的。畢竟她們四個完全有這麼做的動機。〉

〈這麼想確實很合理。我今後會多加小心的。〉

〈不，妳不需要提防。如果妳疏於防備，被某人直接襲擊，反倒能讓對方露出馬腳。如果有人跑去找妳麻煩，妳可以毫不客氣地嗆回去。要是妳因為這樣受傷了，只要我把妳帶回原本的世界，就能立刻治好妳受的傷。我會隨時盯著藏在妳上衣底下的心跳監控器，若妳的身體出了狀況，我立刻就會發現。〉

〈好的！那我就放心了！可是，我洗澡的時候又要怎麼辦呢？〉

〈我剛才說「隨時」監控，這句話要更正一下。很遺憾，我無法在妳洗澡的時候進行監控。妳可不要像晚上十點後播的兩小時推理劇場那樣，變成一個沒穿衣服的死者。〉

〈我不懂這是什麼意思。不過，我「寧願死掉」也想去泡湯！我這輩子還

沒去過賞雪露天浴場耶！〉

〈算了，反正妳不會死在這個世界，我也不想限制妳那麼多，但考慮到胡狼忠司的為人，就算他在露天浴場的各個角落放了這個世界性能最棒的針孔攝影機，也不是什麼奇怪的事。〉

〈因幡先生！你那邊有泳衣嗎？〉

〈我明白妳的意思了。我立刻回原本的世界幫妳帶來，丟到陽台給妳。別期待我的眼光喔。〉

〈我穿學生泳衣就行了。那就萬事拜託了！〉

一分鐘後，一套平凡無奇的學生泳衣就被扔到了陽台。

因幡在一瞬間回到原本的世界，可能是親自出馬，也可能是請總經理幫忙買好泳衣，裝在運動用品店的袋子裡拿到這個世界。

〈謝謝你！〉

玲依把這則簡訊傳給因幡，然後在洗手間迅速換上泳衣，還在外面穿上運動服。換上這身少見的打扮之後，她又拿起裝著浴巾、毛巾，還有髮夾、瓶裝水，以及用來裝濕泳衣的塑膠袋的袋子。

「啊！」

玲依隨手拿起差點忘記帶的內衣與貼身衣物後，走出房間。

從有著大浴場跟廁所的旅館角落，沿著有屋頂與牆壁的通道走二十公尺左右，就能來到露天浴場。

更衣室跟主屋的建築風格截然不同，完全是日式風格，從中間隔開分成男更衣室和女更衣室。而更衣室後方就是跟岩石結合打造而成，有如日本庭園的露天浴場。浴場裡充滿積雪與濃密的霧氣。

把更衣室區隔開來的牆壁就這樣繼續延伸到露天浴場，變成用竹子架起來的高牆。

這個露天浴場的女浴場裡沒有別人。玲依迅速脫掉運動服，拿掉頭上的髮箍，用髮圈跟髮夾盤起頭髮，穿著學生泳衣踏進浴場。

「啊啊！我夢寐以求的賞雪露天浴場！」

稍微沖洗過身體後，她跳進不斷有雪花飄落的浴池。

雖然不斷從源泉流出來的溫泉很燙，但沒有泡在水裡的身體直接暴露在冷空氣之中，還會被雪花打在身上。正負相抵，讓她感覺就跟泡在溫水裡一樣舒服。

「天啊～～真～～是～～太幸福了～～……」

玲依待在裡面超過三十分鐘，在浴池裡進進出出，不是把雪擺在頭上讓身體冷卻下來，就是在寬廣的浴場裡用各種姿勢到處泡湯，享受一人獨占的賞雪露天浴池。

徹底享受過溫泉後，玲依跑到更衣室的角落，用浴巾遮住身體，巧妙地脫下泳衣、穿上運動服。她吹乾被飄雪和汗水弄濕的頭髮，然後離開完全沒人進去過的露天浴場。

現在是下午兩點三十分。

當玲依回到主屋時，窗外的風雪依然強勁。她跑到空無一人的一樓大廳，喝著飲水機的水。

大廳裡有很厚的地毯與大沙發，角落還有豪華的暖爐，但沒有點火燃燒，只堆著大量柴薪。

就在這時——

「嗨，零，妳剛才去洗澡嗎？」

胡狼忠司走向玲依。

「胡狼先生，辛苦你了。我剛才去露天浴場了。」

玲依深深低下頭。

「真叫人羨慕。我可是忙到不行呢。泡得還舒服嗎？」

「是啊，非常舒服。這裡的露天浴場太棒了！幸好我有接下這個工作！」

「啊哈哈，這就是妳願意來這裡的理由嗎？妳這女孩真是誠實。」

胡狼忠司左右張望，確認旁邊沒人會聽到他們的對話，尤其是那些負責拍攝的工作人員。

「我有些事情想跟妳私下商量，不知道妳方不方便。」

他把臉湊近玲依，小聲說道。

「沒問題，請問是什麼事呢？」

「我聽說妳房間窗戶破掉的事了，幸好妳沒受傷。」

「謝謝關心。不好意思讓你擔心了。」

「可是，旅館三樓的那種小房間根本配不上肯定能成為知名偶像的妳。妳可以從今晚開始到我在五樓的房間過夜。那是豪華套房，裡面有很多房間跟床鋪，而且只有我住在那層樓。」

玲依回他一個微笑。

「噢，我完全明白你想說的意思了——胡狼先生，你想跟我做愛做的事對吧？」

發現玲依這麼好說話，胡狼忠司毫不掩飾內心的歡喜。

「我沒有那種意思。不過，如果我們兩人的感覺都對了，那種事也不是不可能發生。這不是什麼需要害羞的事情。到時候，我想好好聽妳談談對自己未來人生的規劃。妳想成為什麼樣的歌手？我可以幫妳實現願望喔。」

玲依微微一笑。

「白痴，你在說什麼傻話啊。」

胡狼忠司有一瞬間愣住了，但他很快努力佯裝平靜，問了：

「妳剛才說了什麼？」

「我以為你只是腦袋不好，想不到連耳朵都有問題，真是無可救藥的智障呢。雖然我早就知道你是智障了。給我聽好，我剛才是叫你『別說傻話』，也就是叫你『放尊重點』。雖然我接下你委託的工作來到這裡，但我只想完成『擊潰其他團員的自信心』這個我們說好的工作，完全不打算做其他事。」

「妳這傢伙……難道以後都不想在這個業界——」

「閉嘴啦，人渣。這件事就到此為止了。如果你連這種事都不懂，就沒資格活在這個世界上，只配讓人做成標本擺在牆上。」

「…………」

「我沒打算扯你後腿，因為我們早就說好了。也請你不要讓我做不必要的工作。讓我們一起當專業人士吧，聽懂了嗎？」

玲依從頭到尾都笑著這麼說完，沒等對方答覆就丟掉手上的紙杯。

「我很～～期待今晚的歌唱課程喔～～！我會努力唱歌～～把其他團員打入絕望的深淵～～！那我先走一步嘍～～！」

玲依用從頭頂發出的高亢嗓音這麼說，然後轉身背對胡狼忠司，踩著輕快的步伐離開大廳。

胡狼忠司看著玲依離去的背影，緊握的右拳不斷顫抖。

〈我要去露天浴場了！〉

〈妳還要去啊？隨妳高興。別忘記定時回報就好。〉

〈我會在十一點回報的！〉

用平板電腦這樣聯絡之後，玲依穿著還沒全乾的泳衣，又在上面穿了運動服，快步走出旅館主屋。

現在是晚上九點半。露天浴場到處亮起橘色的燈光，搭配下個不停的雪與濃霧，營造出如夢似幻的氛圍。

浴場裡還是沒有別人。

玲依讓半身泡在浴池裡面。

「不知道其他人是不是還在努力練習……」

她小聲說出這句話。

在傍晚的歌唱課——玲依拿出全力唱歌，展現出明顯勝過其他四個團員的實力，讓她們一直被歌唱老師與胡狼忠司責罵。

三號雖然擅長跳舞，但歌聲毫無霸氣，所以很快就被罵哭了。後來她不管什麼練習都做不好，攝影機便一直把鏡頭對準她。

歌唱課結束之後的晚餐時間，餐廳裡瀰漫著有如守靈夜的氛圍，不過每道料理都非常美味。

「我今晚要幫妳們幾個特訓！在妳們掌握玲依早就具備，而妳們欠缺的東西之前，我無法讓妳們出道！我不能接受那種悲慘的命運！那本來是妳們自主練習的時間，所以我不會強迫妳們！不過，我會在練習室等妳們過來！」

胡狼忠司熱血沸騰地這麼說，讓這句話就跟命令沒兩樣。

因為這個緣故，其他四個女孩應該正在練習室接受嚴格的訓練，努力揮灑汗水吧。不過，無論她們多麼努力練習，都註定無法出道當偶像。

玲依試著暫時忘記她們的事。

「雪野獨占～露天浴場～真開心～啦啦啦啦。」

玲依開心地哼著歌，在浴池裡伸直了手腳。一塊大石頭從濃霧中出現，對準她的腦袋砸了下去。

石頭直接擊中玲依的後腦杓，發出沉悶的聲響。她沒能喊出聲就死掉了。

穿著學生泳衣的女孩屍體就這樣把臉埋進水裡，在霧氣的環繞下，靜靜地漂浮在逐漸染紅的浴池中。

第十二話（下）待續！

第十二話
「偶像團體練習生殺人事件（下）」
—BetRAYers—

第十二話「偶像團體練習生殺人事件（下）」

——BetRAYers——

「喔？」

玲依醒過來了。

「妳醒了嗎？」

她馬上聽到因幡的聲音。

玲依環視周圍，發現自己穿著平常那套制服，仰躺在旅館的床上。因幡就坐在床邊的椅子上。

玲依緩緩坐起上半身。

「因幡先生……我記得自己應該在露天浴場裡泡湯……」

「因為發生了不少事情。」

玲依環視房間內部。房裡的裝潢跟自己在三樓的單人房一樣，但擺在房裡的東西並不相同。掛在牆上的時鐘告訴她現在已經是半夜了。

玲依把雙腳移到床邊，脫掉還穿在腳上的皮鞋。
因幡從椅子上站起來，轉開瓶裝水的瓶蓋，然後拿到玲依面前。
「給妳。」
「謝謝。」
玲依一口氣喝掉半瓶水，大大地吐了口氣，然後鎖緊瓶蓋，轉頭詢問把椅子拿到床邊坐下的因幡。
「因幡先生，這裡是你房間對吧？」
「沒錯。」
「那我開口說話……不會有問題嗎？」
「我把整個房間都翻過一遍了，這裡沒有針孔攝影機，也沒有竊聽器。只要音量別太大，應該不會有問題。」
「那我就直接問了。到底發生了什麼事？——啊！該不會是我在露天浴場泡昏頭了吧！」
「不，妳被人殺了。」
「咦？」
「因為妳過了晚上十一點都沒有傳訊息回報，我懷疑妳在浴場泡昏頭，於是跑去女浴場偷看了一下。」

「因幡先生……？」

「我說的『偷看』是『調查』的意思。畢竟當時情況緊急，我在進去之前也有先出聲提醒。而且男浴場和女浴場都沒有人，妳大可放心。不過，只有妳穿著泳衣的屍體在大雪和霧氣籠罩下，低頭浮在水面上。」

「咦咦！——原來我真的被殺了……想不到我竟然會變成懸疑劇場裡的死者！」

「被殺了還只有這種感想的人，我以前還真的沒見過。後來，為了搞清楚發生什麼事，我仔細調查了現場的狀況，然後就帶著妳的屍體在一瞬間回到原本的世界，又在這個時間回到這個世界。」

「原來如此……那案發現場到底是什麼樣子？你有找到什麼證據嗎？」

「笑著打聽自己被殺掉的現場長什麼樣子的人，我以前好像也沒見過。我真的可以說嗎？」

「請說！拜託說得詳細點！」

「因為案發地點是浴池，我想妳的頭部應該流了不少血吧。只能說那裡真不愧是源泉掛流式浴場，因為水會不斷換新，保持得很乾淨。不過，在接近水面的岩石表面還有那些岩石的隙縫，都緊緊黏著蛋白質凝固之後的膠狀血塊。那個浴場應該有一段時間無法使用了。此外，雖然原本不該這麼說就是了，我沒能在露天浴場找到針孔攝影機，實在很可惜。」

「嗯嗯嗯！謝謝解說！」

「想不到對方竟然會直接下手殺妳，完全沒料到。真的很對不起。」

「沒關係啦！反正我又沒有真的死掉，也不記得當時到底會不會痛，完全不在意。畢竟這是只有我能做的工作！——對了，結果那個人是誰？殺死我的犯人到底是誰？我只是悠閒地跑去泡湯，所以完全沒注意當時的狀況。」

「還不清楚。犯人可能是昨天在大廳被妳激怒的胡狼忠司，也可能是那四個練習生，甚至是有某種動機的其他人……我猜凶手應該是從妳背後拿大石頭砸死妳，而任何人都有可能辦到這件事。凶手沒留下任何證據，腳印也被積雪蓋過了。」

「胡狼忠司跟那四個女孩有案發時間不在現場的證明嗎？他們當時應該都待在練習室吧？」

「不直接使用『不在場證明』這個專業術語的人，我以前好像也沒見過。我一直待在這個房間裡，不清楚練習室的情況，但我知道從練習室跑到露天浴場，來回只需要三分鐘左右。就算加上動手殺人的時間，應該也只需要五分鐘。就算凶手說是去上廁所，也完全說得過去。而且我不清楚妳遇害的正確時間，也不可能去問每個人是否有行凶殺人。」

「原來如此……」

「更何況，以鹿野山為首的旅館員工也可能是凶手。我頂多只能斷言凶手還在這間屋子裡。」

「我想也是！畢竟這裡是『封閉空間』呢！」

「妳只是喜歡封閉空間吧？——這個案件的犯人想得很周到，才會從背後用石頭砸死妳。」

「怎麼說呢？」

「對方不是用刀子刺殺，也不是勒脖子。這樣當妳的屍體被發現時，不就能宣稱妳是『不小心滑倒，結果後腦杓撞到露天浴場的石頭，最後意外溺死在水裡』嗎？」

「啊，原來如此……！有道理耶！反正雪下得這麼大，警察不可能立刻趕到，犯人也能趁這段時間湮滅證據！犯人好聰明喔！」

「稱讚殺死自己的犯人的人，我以前好像也沒見過——今後對方很可能還會繼續絞盡腦汁對付妳。」
「我明白了。不過，就算我還要被殺死好幾次，在這個過程中嚐到一些苦頭，我也要做好這份工作！這份工作值得我做到這種地步！」
「好，我很期待妳的表現。」
「可是，我明天以後該怎麼做呢？」
「讓我想想……」
因幡思考了幾秒。
「既然不確定『對方』接下來會怎麼做，我們也不能太過打草驚蛇。玲依，我要妳明天若無其事地去餐廳吃早餐，不管別人問妳什麼，妳都要假裝什麼事都沒發生，我會趁機觀察眾人的反應。要是有人一直問妳今晚的事情，妳就說『我昨天晚上在露天浴場泡昏頭了』，若犯人就在現場，應該會擅自認為自己失手了吧。」
「有道理！我明白了！」
「集訓只剩下三天了，最後一天將會在早上結束。整天都能行動的日子只剩下兩天。」
「對方要動手的話——應該就是在最後一晚吧？」

「或許吧。」

「既然這樣……」

「妳想做什麼？」

「我……明天晚上也能去露天浴場泡湯對吧？」

隔天早上。

在集訓當中，從早上七點到八點半都是早餐時間，只要是在這段時間，隨時都能前往餐廳用餐。在餐廳找個位子坐下，就會有人把準備好的早餐端過來。餐廳會輪流提供日式與西式早餐，而今天提供的是日式早餐。

過了八點，玲依今天也穿著運動服出現了。

「大家早安～～！」

她發出語氣悠哉的尖銳嗓音走進餐廳，而因幡跟在她的身後。

四名練習生坐在同一張長桌旁，一大早就面帶倦色地看向玲依。

「小零，早安。」

一號暫時停下筷子，優雅地向她問早。

「早安……」

三號拿著裝有納豆的杯子，跟平常一樣有氣無力。

「早啊！我還以為妳睡過頭了呢！」

四號一手拿著裝有柳橙汁的杯子，聲音聽起來很有精神。

「唔嗯嗯。」

七號一邊吃著鮭魚切片一邊簡短地問早。攝影小組的成員一直追著玲依與其他女孩，忙著拍紀錄片。

胡狼忠司——不在餐廳裡。這裡只有四名練習生、在餐廳工作的幾個員工，以及一直追著練習生跑的攝影小組成員。

玲依在幾乎吃完早餐的其他四人身旁坐下。一名身上掛著寫有「日野春」的名牌的中年女服務生端著放了早餐的餐盤走過來，擺在玲依面前，還幫她倒了杯熱茶。

玲依向女服務生道謝之後，詢問其他四人。

「奇怪～～？怎麼沒看到胡狼先生呢？」

「我們來餐廳吃飯的時候就沒看到他了～～」

四號不經意地如此回答。

「小零，我們幾個昨晚被抓去特訓的時候，妳跑去露天浴場泡湯了吧？我昨晚有看到妳興奮地走向浴場。妳今天早上也有去泡湯嗎？」

聽到一號這麼問，玲依故作平靜地回答：

「咦？沒有～～！我早上睡過頭了～～！雖然我很想去就是了～～！」

「妳睡過頭是對的。因為露天浴場從今天早上就沒開放了。」

四號這麼說道。玲依沒有演戲，驚訝地追問：

「是嗎～～？」

「是鹿野山先生告訴我浴場無法使用的。聽說有動物半夜溺死在浴池裡，把水都弄髒了，必須全部換掉，然後重新清潔浴池才行。他還說應該要到晚上才能弄好。」

「原來是這樣啊～～！真叫人驚訝！」

玲依說著側眼看向坐在不遠處的因幡。因幡輕輕聳起肩膀。

「為什麼他要特地告訴妳這件事？」

七號這麼問道。

「當然是因為我跑去浴場了啊。妳是傻子嗎？」

「妳說什麼？」

看著四號與七號互瞪的模樣，玲依故意用不正經的語氣說出發自內心的感想。

「妳們兩個感情真好～」

「有嗎？」

她們兩人異口同聲地這麼說。

「看吧！就是這種默契！如果妳們可以一起唱歌跳舞，一定會很棒～！啊！我可不是在挖苦妳們喔～」

「既然比我們還擅長唱歌跳舞的小零都這麼說了，應該可以相信吧。」

七號瞇起眼睛。

「先說好，我的實力可是跟小零不相上下。不過，我也同意她的看法。」

「我也這麼認為。」

四號與一號接連帶著溫柔的表情看過來。

玲依拿著叉子擺弄炒蛋的手停了下來。

「總覺得……小零莫名地……耀眼呢……」

三號有些落寞地這麼說，還筆直注視著玲依的眼睛。

「我覺得……小零絕對會成為一個出色的偶像……」

「啊？咦？哎呀……妳這樣說我會害羞啦……！謝謝妳！」

玲依真的害羞了。她趕緊把炒蛋放進嘴裡，掩飾自己的難為情。

「那我們要先走了。其實胡狼先生有交代我說妳今天早上也不需要參加練習。」

三號直截了當地說出這件事。

「咦？是嗎？」

聽到三號這麼說，玲依驚訝地問道。

「是啊。他說反正只讓妳看我們練習，妳應該也會覺得無聊。他還說妳不需要勉強來參加下午的練習，因為我們要趁這段期間拚命練習，努力追上妳的實力！」

三號拋開平常那種軟弱的語氣，堅定地這麼說，讓玲依驚訝地睜大眼睛看著她。

「加油喔！」

然後笑著鼓勵她。

「你說她若無其事地跑去吃早餐了？開什麼玩笑！你是說你昨晚搞砸了嗎！你是在耍我吧！你昨天晚上不是說自己徹底殺掉她了嗎！」

當玲依面帶笑容目送四位女孩離開餐廳時，胡狼忠司正在自己的房間裡大吼大叫。

他在床上擺出高姿態，看著跪坐在地毯上的鹿野山。

「她當時真的流了很多血……」

鹿野山有氣無力地如此辯解。

「而且臉還浸在水裡，浮在水面上……不管怎麼看都不可能還活著……」

胡狼忠司氣得額頭上冒出青筋。

「結果你今天早上過去查看，卻發現浴場只剩下血塊嗎？白痴啊！你被騙了啦！她當時只是裝死，把臉泡在水裡憋氣不動——至於那些血，肯定是她事先準備好的道具！」

「那種事……」

「廢物，想不到你竟然連一個小鬼頭都殺不掉！外行人就是這麼沒用！別以為我會給你說好的報酬和女人。」

「我不想要那些東西了……我不想要錢，也不想要年輕女孩。我當時肯定是腦袋壞了……我再也不想做這種事了。幸好玲依小姐沒死！我再也不會聽你的——」

「再也不會聽我的命令嗎？喔，我沒差啊。可是，我要開除你這個負責人！我只需要打通電話，你就會失去這個有錢有閒的工作了！就算你以後要另外找工作，我也會讓背後的組織盡全力阻礙你！你的人生完蛋了。你只能跟那個身體不好還在住院的老婆一起流落街頭，最後上吊自殺了吧。」

「拜託你！不要那麼做——！算我求你……」

「啊啊，我也不想做那種事啊！畢竟我又不是魔鬼！你這次一定要徹底殺掉她！我會給你足夠的報酬！我要你殺掉那個臭小鬼！順便殺掉那個名叫因幡的詭異白髮男！我透過各種管道請人調查，結果竟然完全查不出那傢伙的底細。算了，反正只要殺掉就行了。你可以把他連人帶車丟進山谷裡放火燒掉！那只是一場意外！全都是意外！你可以在煞車油管上打個小洞！這樣他就會自己在山路上翻車吧！」

「那個……關於因幡先生的車子……」

「嗯，有什麼問題嗎？」

「我是沒有拿下車罩仔細查看……不過你也知道我曾經在中古車經銷商工

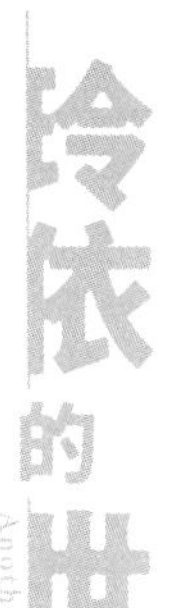

作，而我從來沒看過那樣的車子……可是，那輛車子上有知名國產汽車公司的標誌……」

「什麼意思？這不就代表……那是改裝車嗎？」

「看起來不像那樣……那名男子真的很神祕……」

「別把那種小事放在心上！反正你絕對要殺掉他們就是了！明白了吧！既然你都明白了，就趕快給我滾出去！我要去訓練那四個廢物了！真想看到她們被開除時的表情呢！」

〈好無聊喔。〉

玲依傳訊息給因幡。

她就躺在自己房間的床上，用棉被蓋著雙手操作平板電腦。房間裡的時鐘告訴她快要中午了，便當差不多要送過來了。

因幡似乎也無所事事，很快就回覆，速度讓人懷疑他到底是怎麼打字的。

〈既然對方沒有動作，我們也只能靜觀其變。〉

玲依看著窗外的暴風雪，用在這兩天變快許多的速度打字回答。

〈你說得對～～要是我們無事可做卻到處亂跑，對方應該也會起疑。〉

〈妳要不要看書打發時間？儘管沒辦法下載新書，我在那台平板電腦安裝了可以免費閱讀電子書的應用程式。〉

〈都是過去的名作對吧？我全都看過。〉

〈真不愧是妳。〉

〈因幡先生，我可以問一個關於你的問題嗎？當然，如果你不想說，也可以不用回答。〉

〈說來聽聽。應該說傳來看看吧。〉

〈那我就不客氣了——因幡先生，你擁有普通人沒有的能力，而且自己也不曉得其中的理由。那你對自己有何想法呢？〉

〈妳這個問題還真是尖銳。不過，我原本以為妳會更早問我這個問題——老實說，我不認為自己是個「人類」。我應該是某種不同的生命體吧。因為我能在不明白原理的情況下，做出普通人類做不到的事。我甚至不曉得自己來自何處，就跟人類也記不得自己出生時的事一樣。不管是前往其他世界，還是能感應到哪裡有人需要幫助，都是我莫名其妙就具備的能力。〉

〈這個答案讓我很驚訝，但也只能這麼認為了。謝謝你願意告訴我。〉

〈妳不繼續問嗎？〉

〈對，這樣就夠了，真的很感謝你。再來我要好好放鬆一下了。啊啊，我好想去露天浴場泡湯！〉

〈妳那種對賞雪露天浴場的熱情到底從何而來？難道妳是在那種不會下雪的地方長大嗎？〉

〈咦？沒那種事，我出生長大的故鄉經常下大雪喔。〉

〈那妳的故鄉在哪裡？〉

玲依看到了因幡的問題。

「奇怪……是哪裡來著……？」

當她停下手指，房間的門鈴也響了。

「我送午餐過來了。」

女服務生日野春把推車推到門外。

「好豪華！」

推車上擺著雙層豪華便當。

玲依迅速打開蓋子，發現今天午餐的主菜是壽喜燒，裡面塞滿了霜降牛肉、滿滿的茼蒿、烤豆腐與烤蔥，還擺了一顆生蛋，便當下層全是白飯。

這些菜色都是剛煮好的，還冒出熱騰騰的蒸氣。

「看起來好好吃喔。謝謝妳。」

玲依在走廊上用平常的語氣表達謝意，因幡便從隔壁房間探頭出來，默默盯著她，一副想說「妳忘記要演戲了喔」的表情。

日野春微微一笑。

「妳要多吃點喔！我知道妳不需要上課，下午無事可做，所以吃完要睡個午覺也行。便當盒直接擺在走廊上就可以了。」

「謝謝妳，我會照做的！」

日野春把同樣的便當交給因幡，玲依便說：

「那我就不客氣了～～！」

然後回到自己房間。

「看起來好好吃！」

她先吃了一口還熱熱的壽喜燒。

「好吃！茼蒿的苦味！牛肉也很鮮甜！還會在嘴裡融化！這是怎樣，我從來沒吃過這種牛肉耶！」

她毫不客氣地大口吃飯，就這樣把整個便當都吃完了。

「啊啊……太幸福了～～」

儘管日野春說直接放在外面就行，玲依還是先在流理台把變輕的便當盒洗乾淨，才擺到走廊上。

「吃好飽……好想睡覺……」

她搖搖晃晃地走到床邊，就這樣倒在床上，連電燈都沒關就睡著了。

玲依迷迷糊糊地醒了過來。

「唔啊……？」

因為她聽到從遠方傳來猛力敲打某種東西的聲音，而且越來越大聲。

「誰啊～～？」

她依然躺在床上，閉著眼睛這麼問，卻沒有得到任何回應。那種顯然不是敲門聲的激烈聲響沒有停止。

「唔咦？」

因為事有蹊蹺，她睜開眼睛坐起身子，然後慢慢下床。

就停了。

「嗚哇？」

結果差點跌倒了。

玲依感到頭暈目眩，腦袋晃個不停，只好暫時在床邊蹲下。那種激烈的聲響突然停止，然而於此同時，她發現同樣的聲音從稍遠的地方傳來。那也很快就停了。

「怎麼回事～～？啊～～好睏喔……」

玲依使勁搖搖頭，結果這次換房裡的電話發出巨響。

「咿！——發生什麼事了～～？」

玲依在床邊爬行，好不容易才拿起在枕邊發出聲響的電話聽筒。

「您好～～這裡是有栖川演藝經紀公司——」

『玲依！我中計了！』

「因幡先生～～……？」

『妳果然也中招了嗎！妳現在是不是很睏？』

「是啊～～」

『我們被下藥了！』

「什麼～～？」

『妳快看時鐘！』

「時鐘～～？」

玲依努力讓眼睛對焦，看向擺在枕邊的小鬧鐘。

「十九點……五分……」

她看到上面顯示的數字了。現在離她吃完午餐已經過了五個小時，窗簾外面的天空早就完全暗下來了。

「唔咦？我睡過頭了？」

『是啊，我也才剛睡醒。我當時突然很睏，結果就昏睡過去了……我猜午餐裡應該被放了安眠藥或某種藥物吧。那種藥完全沒味道，而且效果強大。』

「唔咦？」

玲依的腦袋逐漸恢復清醒。

『房門完全打不開，應該是被人從外面用木板封死了。』

「咦？我可以去確認看看嗎？」

『可以。』

玲依有些搖搖晃晃地起身走向房門，轉動門把一拉——

「真的耶……」

結果房門動也不動，簡直像是跟牆壁完全合為一體。玲依還試著推推看，然而房門當然是完全推不動。

玲依回去拿起電話向因幡報告：

「我的房間也一樣！門怎麼會打不開呢？難道是被黏起來了嗎？」

『我猜應該是被木板封死了。就是用來補修窗戶的那種木板，而且木板上面還釘了釘子。剛才發出的聲響，就是釘釘子的聲音。』

「啊，原來如此～～原來如此～～」

『妳現在清醒了嗎？』

「其實我還有點想睡……我可以回去睡覺嗎……？」

『不可以！那些傢伙把我們關起來，肯定是準備要動手了！』

「唔——不會吧？」

『就是會。看樣子對方不打算等到最後一天才動手。』

「那可就大事不妙了呢！」

『就是這麼回事。我們先出去再說！』

「咦？」

『我是說陽台！動作快！』

玲依放下聽筒，走到窗邊拉開窗簾。

外面一片黑暗，玻璃上映著房裡的景象，外面依然下著猛烈的大雪。

玲依打開鎖，把巨大的玻璃門往旁邊拉開，穿著運動服走到大雪之中。

「唔哇！」

玲依直接穿著室內拖鞋踏進積雪高達二十公分的陽台，雙腳陷入雪中。因幡從隔壁房間的陽台隔板後方探出頭來。

「好，我們從這裡跳下去，頭下腳上摔死吧。」

「什麼？」

「我們先死一遍回到原本的世界，然後立刻回到旅館門口才是最快最輕鬆的做法。這樣還能順便讓腦袋清醒過來。」

「喔喔！我明白你的意思了！——可是我會怕。」

即便陽台外面是下著大雪的夜晚，屋子裡發出的燈光還是照亮了地面。這裡是三樓，再加上玲依的身高，離地面大約有八公尺，讓人非常害怕。

「妳——到底是來這個世界做什麼的？」

「我要跳了！」

玲依爬到陽台的欄杆上。

「畢竟這也是工作的一環！——嘿咻！」

然後就這樣跳了下去。

「好，快起來。」

「唔哇！」

因幡輕輕拍了玲依的臉頰。當她醒過來的時候，人已經來到旅館大門的門廊底下，站在大門前面了。她重新穿回那套白色制服，腳上也穿著皮鞋。

「我死掉多久了？」

「差不多十秒吧。」

在因幡如此回答的瞬間，大廳與各個房間裡的燈都無聲無息地滅了。

「啊！」

「我就知道。」

在伸手不見五指的黑暗中，玲依與因幡同時開口。

「你說這話是什麼意思？」

「如果我要動手，也會關掉整棟房子的斷路器，讓屋裡一片漆黑。」

「原來如此。」

「拿去，我準備好手電筒了。」

因幡把一支裝著六顆2號電池的細長型手電筒拿到玲依面前。那是金屬製手電筒，長度超過三十公分，拿起來相當沉重，幾乎跟棍棒差不多。因幡按下按鈕，手電筒前端發出耀眼的光芒。

「妳拿著這手電筒去找人。要是找到那些傢伙，就先試著勸對方住手。如果對方試圖用武力反抗──」

因幡把手電筒塞到玲依手中，讓她像是握住棍棒一樣垂直拿著。

「就不需要跟對方客氣，直接揍下去就對了。反正憑妳的臂力，應該不至於出人命。」

「不會吧！你是要我打傷人家嗎？」

「跟『讓那些傢伙動手殺人』比起來，妳覺得哪邊比較好？」

「好吧……因幡先生，那你呢？呀啊！」

玲依發出慘叫。因為因幡把入耳式監聽耳機塞進她的左耳，耳機還用麥克風上的傳輸線連接著小型無線電對講機，對講機則是用夾子固定在玲依的裙子上。

『分頭行動。妳小聲說，我也聽得見。要是發生了什麼事，就告訴我妳人在哪裡，還有現場的情況。』

因幡的聲音清楚傳到耳機。

「我明白了。」

『很好！快去吧！先去練習室看看情況！』

因幡在玲依背後拍了一下。玲依拿著手電筒邁步奔跑。

玲依在一片漆黑的旅館裡不斷奔跑，手裡的白光也晃來晃去。

她衝過一樓的長廊，急著趕往練習室，結果摔了一跤。

「咕啊！」

玲依重重撲倒在地。幸好地毯很厚，她才沒有受傷。

「好痛……」

剛才不小心勾到東西的腳踝傳來劇痛，玲依用差點脫手的手電筒照過去一看，發現比地面略高的地方有一條拉直的塑膠繩。不小心絆到繩子的腳踝都擦傷發紅了。

「嘿！」

玲依強忍著痛楚站了起來，安靜地拔腿奔跑，在練習室那扇沉重的門前面停下腳步。當她伸出左手準備推開門時，門從裡面被人使勁打開了。
她舉起手電筒，想把練習室裡面照亮，結果照亮了站在眼前的人物。
那個人是頭上沾著鮮血，臉龐、頭髮與運動服都濕掉，脖子上還掛著小型手電筒的一號。
「媽呀！」
玲依大聲尖叫。
「呀啊！」
一號也發出慘叫，同時推開玲依，拔腿就跑。
「好痛……」
玲依重重地跌坐在地，掙扎著想要起身。
「呀啊啊！」
她聽到從練習室裡傳來的慘叫聲，只好放棄追趕已經爬上樓梯完全看不到人影的一號。
「因幡先生，小一從樓梯跑上去了。她渾身是血。」
她簡短回報情況，同時拿著手電筒照向寬廣的練習室。光線被鏡子反射，照亮了意想不到的地方。

「唔咿！」

玲依抖了一下。

「啊！」

她在這片寬廣的黑暗之中，找到這兩天一直把鏡頭對準她們，負責攝影的兩男一女。

兩名男子仰躺在地，女子則神情恍惚地坐在旁邊。他們賴以為生的攝影機掉在地上。玲依讓光線掃過整間練習室，確認裡面還有沒有其他人。在她看得到的地方並沒有其他人的身影。

玲依快步走過去，同時觀察他們的情況，發現那兩名男子都流了不少血。仔細一看，他們的膝蓋與大腿都受到刀傷，褲管底下都被鮮血弄濕，而且腳踝也被塑膠繩綁住。

「嗚嗚……」

「好痛……」

兩名男子痛苦地呻吟，讓玲依知道他們還活著。

玲依在女子面前坐下，開始問她問題，順便讓因幡知道這裡的狀況。

「這兩名攝影師的腳都被刀傷得滿嚴重的，下手的人是小一對吧？」

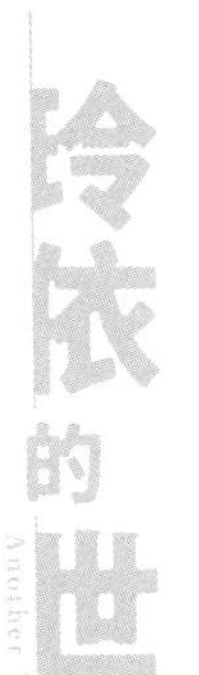

「咿、咿、咿……」

女子發出不成話語的聲音，連續點了好幾次頭。

「她還把他們的腳綁起來了是嗎？」

女子點點頭。玲依仔細檢查，發現不光是腳踝，這兩名男子的大腿根部也被塑膠繩緊緊綁住。

「他們大腿上的繩子也是小一綁的嗎？」

女子不斷點頭。

『那應該是止血處置吧。雖然不能長時間放著不管，短時間內應該不會有事。』

聽到因幡這麼說，玲依直接轉告女子。

「雖然可能會痛，但他們的傷口已經止血了，應該暫時不會有事。」

玲依準備起身離開。

「拜託別丟下我……！」

女子哭得一把鼻涕一把眼淚，緊抓著她不肯放手。

「我不能留在這裡！不然胡狼忠司先生就要被殺了！」

玲依毫不客氣地甩開那名女子，就這樣跑出練習室。

「因幡先生，胡狼先生不在練習室裡！我也要去樓上找人了！」

『了解。我去看過斷路器，整個配電箱都被斧頭劈壞，不可能修好。』

「看來她們真的豁出去了呢！」

『是啊，也不管別人有多麼擔心。』

玲依聽著因幡小聲抱怨，用手電筒照亮自己腳邊，一邊確認路上沒有其他陷阱一邊在走廊上奔跑，轉彎跑向樓梯。

在旅館的左右兩側各有一座外牆是玻璃的樓梯。在一片黑暗之中，玲依靠著手電筒的燈光衝上樓梯。她在樓梯間折返，然後來到二樓。這層樓是廚房與工作人員的宿舍，所以她沒有在此停留。

「他是在五樓嗎？」

『我不知道，但我也準備過去看看。』

玲依又繼續衝過三樓，在樓梯間折返，準備衝向四樓，卻發現眼前有一道牆壁。

鐵製防火門被關了起來，變成一堵灰色的牆擋住了她的去路。

防火門下方有一個讓人逃生的小門，也就是「便門」，塗著夜光漆的門把微微發光。玲依伸手握住門把，輕輕推開小門，但仍發出了相當大的聲響。

小門打開了。

「衝啊！」

玲依迅速衝了進去。

某種東西劃破空氣，砸向她剛才衝過的地方。

「嘿！」

玲依轉過身，用手電筒照了過去。

「唔……！」

耀眼的閃光讓七號叫了出來。她穿著平常那套運動服，手裡拿著一隻襪子。不過，襪子裡塞滿某種又硬又重的東西。

「小七！快住——」

玲依還來不及把話說完，七號就把手橫向一揮。強光讓她暫時看不見東西，但這隨便亂揮的一擊碰巧擊中手電筒，讓手電筒從玲依手裡飛了出去。手電筒一邊旋轉一邊滾到走廊盡頭，依然在地上發出光芒。

「別恨我！」

七號在黑暗之中高舉襪子。就在她準備朝玲依的頭揮下襪子時，一道黑影從旁邊衝撞她的身體。

「嘎……？」

七號就這樣被撞倒在地上。

黑影迅速壓住她。

「唔咕！唔嘎！」

黑影把一塊布塞進七號嘴裡，在她腦袋後面緊緊綁住，然後又迅速用束線帶把她被抓住的雙手綁起來。七號趴倒在地，腳踝也同樣被綁起來。整個過程只有幾秒鐘。

「唔唔唔唔！」

七號現在只能發出呻吟，黑影從她身上衝了過來問道：

『妳還動得了嗎？』

聲音直接在玲依的右耳與左耳中響起。

「因幡先生，你應該問我有沒有受傷才對吧？」

『我現在顧不了那麼多。快點把手電筒撿起來。』

玲依緩緩起身，撿起手電筒。

『別把手電筒對準我喔。』

玲依聽從因幡的指示，讓燈光停在他前面的牆壁。

她能隱約看到因幡的身體與臉孔。因幡合起黑色西裝前襟，整個人溶入黑夜之中，頭上戴著看起來很堅固的頭盔，用一種裝在頭盔上的機械遮住雙眼。

那種機械外型就像望遠鏡，卻有著由左到右的四個鏡頭，讓他看起來宛如有四個眼睛的妖怪。

「那是什麼東西啊？」

『這是夜視鏡——可以讓人在黑暗中視物的裝置。我們剛才回去的時候，我順便去弄來了這個東西。』

「好方便！這個市面上買得到嗎？」

『不，買不到。這是我跑去其他平行世界，從美軍手中偷過來的東西。』

「你好壞！——話說，你還有偷到什麼好用的東西嗎？」

『有喔。玲依，妳拿著手電筒上樓，我會跟在妳後面。』

「了解！」

「唔唔唔！唔唔唔唔！」

七號發出呻吟。玲依在她身旁蹲下，瞪著怒目看過來的她。

「我無論如何都要阻止妳們的計畫！」

她大聲叫了出來。

「因為我就是為此來到這個世界！」

「那群廢物到底在搞什麼飛機……至少也該立刻拿個提燈過來吧。」

胡狼忠司在他住的五樓房間裡抱怨。

因為屋子裡停電了，旅館設置在房間中央的小型緊急照明燈亮了起來，但燈光相當微弱，遠不足以照亮整個房間。

桌上擺著還沒喝完的威士忌酒瓶，還有寫到一半的五線譜。

胡狼忠司拿起電話聽筒放在耳邊，但什麼聲音都聽不見，於是他立刻把聽筒丟到旁邊。

他穿著鞋子躺在床上。

「唉～～糟透了。我真不該接下這種無聊的工作……」

然後小聲埋怨。

「竟然說什麼『想拍一部少女追求夢想與遇到挫折的真實紀錄片』，還好意思要我『讓她們撐到最後一天，盡量讓節目製作組多拍一些畫面』。不用想也知道，那種廢物根本不可能出道當偶像吧？真想趕快拿了好處就走人……我原本還以為只有玲依像樣點，想不到她竟然是個瘋子。唉～～我現在只想趕快回到東京……」

某人輕輕敲了房門。

「喔？」

「胡狼先生……請問你在裡面嗎……？」

他隱約聽到三號的聲音。

「怎麼了？——找我有事嗎？」

胡狼忠司先高高抬起雙腳，然後往下一揮，順勢挺起身體。他拿著手電筒在寬廣的房間裡走動，沒有直接開門，而是隔著房門問：

「三號，妳有什麼事嗎？」

「我該不會……打擾到你休息了……？對不起……」

「別在意，我沒有在睡覺。停電好久了呢。」

「是啊……鹿野山先生拜託我……叫你過去……因為我……剛好……在他身邊……」

「嗯，我知道了。看來我非去不可啊。停電真叫人傷腦筋，希望可以趕快修好。」

胡狼忠司打開房門，看到三號拿著手電筒站在他面前。

「那我們要過去了嗎？」

「在過去之前……可以先給我一點時間嗎……？」

三號走進房裡，胡狼忠司退到旁邊。

把門關上後，三號從正面抱住胡狼忠司。

「喔？」

「胡狼先生！我想出道當偶像……！可是，我知道自己現在……還不夠格……！因為其他人都很耀眼……！」

胡狼忠司在昏暗的房間裡露出淫笑。他感受著三號的體溫，小聲問了：

「那妳想怎麼做？」

「胡狼先生……我聽說了……！聽說你會幫自己的女朋友出道！」

「女朋友啊……沒錯，我畢竟也是個人，如果是跟自己比較親近的人，我確實會幫對方多出點力。」

「不管你有什麼要求……我都願意去做……！請你幫助我出道……！我不要跟別人一起出道！我今後會……更加努力練習……請你讓我……單獨出道！我不要跟那些人一起出道！我願意成為你的女朋友！拜託你了！」

「真傷腦筋呢……不過，我現在單身，直接拒絕妳就不像個男人了。不如我們這麼做吧。集訓明天就結束了，等我們回到東京之後，妳願意獨自來找我嗎？我會告訴妳旅館的房號。」

「好的……！這樣就好！胡狼先生，原來你真的是能接受這種事的人呢……！太好了！幸好我有鼓起勇氣開口……！」

「面對誠實的女孩，我當然要誠實回應。不過，妳千萬不能告訴其他人這件事喔。」

「我當然……不會說出去！因為……我不想讓你被別人搶走……」

「很好，妳真可愛。那我們就說定了。差不多該去樓下看看了吧？」

胡狼忠司緩緩放開抱住三號的雙手，還趁機輕撫她的肩膀，讓她轉過身，然後沿著背往下撫摸，徹底享受過屁股的感觸之後才終於願意把手拿開。

「討厭……你這樣……太心急了喔。」

「哎呀，我真是的——不過，我覺得我們會很合得來喔。」

「是啊。」

三號打開房門。

「你先請。」

她讓胡狼忠司先行通過。
「妳好溫柔。」
胡狼忠司說出這句話，從她面前走過去。
「不，這可難說喔。」
三號冷淡地說了，從運動服口袋裡拿出一把蝴蝶刀，在手裡快速轉了幾圈，細長刀刃出現的瞬間，想也不想就把刀子刺進眼前這名男子的大腿。
「呀啊！」
胡狼忠司痛得跳起來，使得小刀從他的右腿被拔了出來。鮮血讓褲管多了小小的紅點，胡狼忠司搖搖晃晃地走了兩三步，然後整個人倒在地毯上。
「好燙！現在是怎樣！可惡！痛死人了！」
胡狼忠司大聲喊痛。三號用手電筒照向他的臉。
「挨刀子當然會痛吧。」
然後冷冷地這麼說道。
「咦？」

胡狼忠司臉上冒出冷汗與問號，完全沒發現自己身旁還站著另一個人。

「看招！」

那個人穿著運動鞋直接一腳踩在胡狼忠司臉上。

「咕哇！」

胡狼忠司流了許多鼻血，躺在地毯上不斷抽搐。

「踢得好！」

三號露出笑容，稱讚站在她眼前的四號。

「我也要再補一刀。」

三號迅速蹲下，隨意地把小刀刺進胡狼忠司完好無缺的左腿。

「呀啊！」

她還先把刀子轉了幾下才拔出來。

這一刀讓胡狼忠司噴出更多鮮血，褲管也逐漸變濕。

「怎麼辦？現在就要殺掉他嗎？」

四號這麼問道。

「如果可以……我想等『大姊』來再動手……」

三號用原本那種吞吞吐吐的語氣這麼說，但很快就找回了狠勁。

「不過，要是不小心讓他逃掉就麻煩了，還是現在動手比較好。」
「妳說得對。那我負責壓住他，妳就趁機割斷他的喉嚨吧！」
「嗯，我會一刀給他個痛快！」
四號直接騎到胡狼忠司身上，用雙腳壓住他的雙手。
「嗚啊……別殺我……」
「我拒絕。」
三號拿著被鮮血染紅的蝴蝶刀，慢慢把刀刃移向他的喉嚨。

「不可以——！」
從玲依手中射出的光芒照亮了覆在男子身上的兩名少女。
「不能殺他！」
「嗯？」
「咦？」
兩位少女同時轉頭看向玲依。
玲依衝上樓梯，但離她們至少還有二十公尺。
「好刺眼——小零，別阻止我們。」

「沒錯，因為這件事與妳無關。」

四號與三號平靜地這麼回答。刀刃只差大概二十公分就要割到喉嚨了。

『妳快閉上眼睛，把耳朵摀起來。』

因幡的聲音傳進左耳。

雖然搞不清楚狀況，玲依還是照著指示做了——

下一瞬間，她原本拿著的手電筒掉到地上，巨響與閃光同時蓋過一切。

「嗚～～」

玲依抱著頭蹲在走廊上。

『妳沒事吧？』

因幡輕輕拍了她的肩膀。

「因幡先生～～……剛才的巨響跟閃光……到底是怎麼回事……？」

『那是一種特殊手榴彈，可以讓敵人失去行動能力，也是我從美軍那邊借來的東西。』

「我的耳朵～～還在嗡嗡叫～～……」

『是嗎？那妳最好別急著站起來。』

「啊！其他三個人呢！」

玲依抬頭一看。

因幡拿著手電筒照向前方，讓她看到另外三個人倒在地上。

胡狼忠司仰躺在地，鼻孔流出血，嘴巴也吐出白沫，但還有一口氣在。

三號倒在他前面，四號倒在他後面，兩個人都發出微弱的呻吟聲。

『他們沒死。因為我是把閃光彈丟到他們腳邊，他們被轟個正著，應該暫時動不了吧。視力也還要一段時間才會恢復，說不定連鼓膜都破了。』

「是喔……哎……這樣算是好事嗎……？」

『至於胡狼忠司的傷勢，就算放著不管應該也不會馬上死掉。雖然應該很痛就是了。』

「那就好——」

玲依沒能把話說完。

因幡手裡拿著他跟玲依的手電筒，同時照向走廊的盡頭，而一號就站在那裡。

她全身是血，氣勢洶洶地站在四十公尺遠的地方瞪著這裡。她臉上都是快乾掉的血，只有雙眼閃爍著白光。
她用右手拿著刀長將近二十公分的求生刀。砍傷攝影師時沾到的鮮血似乎已經擦掉，只見刀刃綻放著銀光。
玲依緩緩起身，從因幡手中接過能當成棍棒使用的手電筒。
「嗨～～小一，妳剛才嚇到我了呢～～」
一號緩緩邁出腳步。她離倒在地上的胡狼忠司還有二十公尺。
玲依也跟著邁出腳步，速度跟一號差不多。她離胡狼忠司還有十八公尺。
「小一，是妳幫攝影師的腳止血的吧？妳好溫柔。」
還有十六公尺。
「妳只想殺掉胡狼忠司先生嗎？」
還有十二公尺。
「其實我不是不能體會妳的心情。」
還有八公尺。
一號停下腳步。玲依也停下腳步。
「我現在就要殺掉那個畜牲。小零，別阻止我。」
一號的雙眼發出寒光，說出這樣的宣言，於是玲依回答：

「我要阻止妳！因為我就是為此而來！」

「我這是為了復仇……」

「我知道！妳是為了幫被胡狼忠司欺騙，為了成為偶像對他百依百順，最後卻慘遭拋棄，夢想也跟著幻滅……最後企圖自殺的妹妹報仇對吧……」

「咦？──我懂了……應該是她們兩個，不然就是七號告訴妳的吧？她們還真是多嘴。」

「不是喔。她們三個完全沒說過那種事。」

「那妳怎麼……」

一號露出發自內心感到納悶的表情，眼裡也少了那股狠勁。

「我們還知道小三的好朋友，還有小四的表姊跟小七的朋友，都被胡狼忠司欺騙利用了。因為妳們都告訴了妳那陷入昏迷的妹妹！就是她告訴我們這些事情的！」

「妳不要亂說！那孩子一直昏迷不醒！她想自殺卻沒死成，後來就一直昏迷不醒了！」

玲依回過頭去。因幡感受到她的目光，在離她十二公尺遠的後方大聲問：

「一號，不對──飯高志穗小姐。」

聽到自己的本名，一號就像被電到一樣身體瞬間抖了一下。

「什麼？」

「如果我說『我能跟昏迷不醒的人溝通』，妳相信嗎？」

一號想也不想就回答：

「當然不可能相信吧！」

她的音量比因幡大上兩倍，聲音當中的魄力與怒氣讓玲依縮起脖子。

「我想也是，畢竟我也不曉得自己為何會有這種能力。不過，我沒有騙妳。妳妹妹佳穗小姐拜託我阻止妳們的計畫。妳們不是曾經在她枕邊說出妳們的想法和計畫嗎？她聽到之後就拚命拜託我，要我別讓妳們變成罪犯。」

「你給我適可而止——」

「哎，妳不相信就算了。不過，我已經接下這個工作，報酬就是妳妹妹的存款。為了當上偶像，她從小就把零用錢與壓歲錢存起來，準備當成上專業課程的經費。她把錢放在書桌底下的小型保險箱，裡面還放了筆記本，上面畫著她以後要穿的服裝設計圖，而那些東西現在都還好好地保存在裡面。」

「你怎麼……？」

「妳想問我怎麼會知道嗎？我不是說了？是妳妹妹親口告訴我的。」

「…………」

一號完全停住不動了，看起來甚至連呼吸都停了。玲依對她說道：

「我剛聽說這件事的時候也是不敢相信……可是，因幡先生不是普通人，而且我們來參加集訓是為了工作。我們表面上接下胡狼忠司先生委託的工作，由我憑唱歌與跳舞的實力讓其他練習生感到絕望，也給他一個在最後放棄組成偶像團體的藉口。然而我們來到這裡，其實是為了避免妳們變成殺人犯。老實說，我也覺得胡狼忠司先生是個人渣敗類，就算被做成標本也怨不得人。可是就算他真的很爛，要是妳們殺了他，就會變成殺人犯。這樣妳妹妹會傷心！」

「妳們應該早就知道了吧——」

因幡繼續說下去。

「妳們知道這場徵選是個『騙局』，目的就只是拍紀錄片，不是真心要讓獲選的練習生出道。這讓妳們覺得自己也有機會獲選，得到接近胡狼忠司的機會，就跑去挑戰，也真的獲選了。然後，妳們一直在找尋殺死胡狼忠司的機會。因為妳們不想牽連不知道真相，真心想成為偶像的其他三人——二號、五號與六號，才故意霸凌她們，把她們趕走。妳們原本也想趕走玲依，才會打破她房間窗戶的玻璃。」

「妳們都是溫柔的好人！我不能讓妳們變成殺人犯！」
一號臉上依然沾滿鮮血，露出了微笑。
「讓開。關於我妹妹的事，我還無法相信你們——不過，反正我們已經犯下傷害罪，就算變成殺人犯也沒差太多了。」
「那是玲依幹的好事。」
「啊？」
「啊？」
一號與玲依都叫了出來，但玲依很快就想通了。
「沒錯！刺傷攝影師的人是我！讓胡狼忠司先生變成那樣的人也是我！全都是本人——雪野玲依幹的好事！知道厲害了吧！」

* * *

「歡迎回來～～！玲依，辛苦妳了～～！」
總經理跟往常一樣熱情地迎接她。
「我回來了！」

玲依回到經紀公司了。她看向房間裡的時鐘與日曆。即便她在另一個世界待了好幾天，這個世界也只過了不到兩小時。

「因幡呢——啊，他應該是去確認結果對吧？我明白了。」

「對，他前往更後面的時間點去確認後續發展了。」

「那在他回來之前，我就先聽妳報告吧。我去泡咖啡。」

「啊，讓我來吧。」

「不用了，妳坐著就好。」

三十分鐘後——

「事情就是這樣。我跟因幡先生跑去威脅那部紀錄片的製作團隊——也就是胡狼忠司先生與攝影小組的工作人員，要他們對外宣稱我們兩個是犯人，如果他們沒照做，我們就會把他們的惡劣計畫公諸於世。不過，其實這些事都是因幡先生獨自完成的。」

玲依完全沒碰擺在面前的咖啡，說了這些話。總經理坐在她對面的沙發上這麼說：

「那傢伙最擅長做這種事了。」

「我後來聽說才知道原來日野春女士也是她們的同伴。據說她女兒也被欺負了……於是，日野春女士辭掉原本的藥師工作，開始在那間旅館上班。」

「原來如此，難怪她會擁有關於安眠藥的知識。」

「聽說那個『試圖殺死我』的犯人是鹿野山先生，而他當然是因為被胡狼忠司先生威脅才會做出那種事，而且證據確鑿。這就是所謂的教唆殺人。不過，關於這件事，我們已經告訴他們我當時有瞬間反應過來躲開石頭，所以毫髮無傷，還說我是游泳選手，很擅長潛水。」

「嗯嗯。」

「包括我用髮箍與胸針錄下來的影片，這些證據全都整理起來交給小一她們了。儘管我們兩個也在同時變成傷害罪的犯人，但我們不是那個世界的居民，這點不成問題。」

「原來如此，那四個女孩後來怎麼樣了？」

「關於她們幾個，我還來不及問，因幡先生就說我在那邊的任務已經結束，把我送了回來。我只希望他能順便調查她們的事……」

在玲依說出這句話的瞬間，電梯門與經紀公司大門接連打開了。

「我回來了。」

「因幡！你回來得正是時候！快點坐下來報告！」
「玲依說完了嗎？」
「我才剛說完喔！」
「那就換我說了——」
因幡在玲依身旁坐下。玲依凝視著他的側臉，因幡發現之後略顯尷尬地別過頭去。
「關於那四個女孩的後續發展——」
「到底怎麼樣了？」
「嗯，我直接讓妳們看看這個應該比較快。這是半年後拍的影片。」
因幡從包包裡拿出平板電腦擺在矮桌上。總經理與玲依從左右兩邊探頭看向螢幕。
因幡開始播放影片，電視台的音樂節目在她們面前上演。
『歌唱十傑！超級演唱會！』
在四比三的低畫質畫面中，先是這行文字出現在左上角，然後那四個女孩——一號、三號、四號與七號穿著光彩耀眼的服裝出現在閃閃發亮的舞台上。
歌曲前奏開始之後，相關資訊就出現在畫面下方。

〈小心被我做成標本喔〉

作詞：一號、三號、四號、七號

作曲：胡狼忠司

開始播出流行樂曲。

服裝與化妝讓她們閃耀動人，帶著燦爛的笑容跳起舞來。

「喔喔！」

她們的表演跟玲依在練習室裡看到的樣子截然不同。每個人都進步許多，讓她差點就要認不出來。

三號開始唱歌。

她用美妙的歌聲還有沉穩的台風唱著——「好想把拋棄我的壞男人做成標本擺在家裡」這樣的歌詞。

一號、四號與七號也跟著唱歌跳舞。

「大家——」

玲依感動得紅了眼眶，看著她們完美地唱完這首描寫無論遇到什麼困難都不認輸的堅強女孩，旋律與歌詞都歡樂到了極點的歌曲。

「先看到這裡就夠了吧。」

因幡停止播放影片。淚眼汪汪的玲依忙著拍手，總經理便代她問了：

「因幡，這是你的主意嗎？」

「一半是。另一半則是一號的妹妹——也就是飯高佳穗小姐的願望。」

「不錯呢。只要讓她們出道當偶像，就能讓胡狼忠司不敢亂來。他也不想失去現有的財富與名聲，所以應該會乖乖聽話吧。」

總經理說出這樣的感想。

「原來如此！」

玲依非常認同，點頭如搗蒜。

「順便告訴妳們，中途退出的另外三個女孩也預計在之後加入這個團體，目前正在接受訓練。胡狼忠司透過這個團體賺到的錢也會拿去賠償那些曾經被他欺負的人。至於佳穗小姐那邊，為了讓她盡量恢復得更好，也正在積極為她治療。」

「真是好主意呢！太棒了！這樣我當時拚命去死也算是值得了！」

玲依擦去眼角的淚水，臉上綻放出笑容。

「這些女孩的團名是什麼？」

總經理問了這個問題。

「團名是她們自己取的──」

因幡把手伸向平板電腦的螢幕，拉動影片的進度條，從她們在節目裡登場的畫面切換到走下舞台的畫面。

四位女孩笑著揮手，一排顯眼的字也出現在她們前方。

『BetRAYers』。

「Bet……Rayers？」

玲依納悶地歪著頭。總經理主動解釋給她聽。

「是『BetRAYers』才對。這個英文詞彙是『叛徒』的意思，要翻譯成『背信者』也行。」

「啊，這個團名真不錯！很適合她們！」

「因幡，她是不是沒發現啊？」

總經理側眼瞥過去。

「是啊。」

因幡點了頭。玲依也發現自己好像忽略了什麼。

「唔唔？」

「我沒有直接告訴妳團名，而是讓妳用眼睛確認，就是想讓妳看到團名中間那幾個大寫字母。」

「嗯嗯？」

玲依仔細盯著螢幕上顯示的「BetRAYers」。

「啊！她們竟然……！」

然後她再次溼了眼眶。

「沒錯，她們好像無論如何都想讓妳當C位。」

完

Bet

後記

各位讀者大家好。本書是這部作品的第二集，還說「很高興認識你們」好像也很奇怪。我是作者時雨沢惠一。

這次也要感謝各位拿起這本《玲依的世界 —Re:I— 2 Another World Tour》（以下簡稱《玲依的世界》）。

電子書版本也已經來到6th Step了，而且跟書籍版第二集一起上市，真是可喜可賀呢！

只要有出書，就會有後記。這次沒有劇透，請大家多多指教。

在上一集的後記裡，我已經提過這部作品是先有插畫才有故事，而我這次想多說一點祕辛（畢竟我可是作者，當然知道只有作者才會知道的事情）。

關於《玲依的世界》這部作品——

其實我從開始構思的時候就是以容易改編成動畫為目標！

因為我喜歡動畫，看到自己的作品變成動畫真的很開心。

我過去十分幸運，因為《奇諾の旅》（而且還是兩次！）、《艾莉森》系列與《刀劍神域外傳 Gun Gale Online》這三部作品，得到四次這樣的榮譽，但就算要把我更多作品拿去改編成動畫，其……其實我也是無所謂的！（編輯部註：拜託不要突然變了個人好嗎？這樣有點噁心）

至於我為了讓這部作品容易改編成動畫，到底做了什麼樣的努力，具體來說——

我讓《玲依的世界》裡的每一篇故事都維持在三十頁左右，因為這是我基於自己的作品過去改編成動畫，以及從事編劇工作的實際經驗，認為最適合改編成一集動畫劇本的篇幅。一集動畫可以描述的故事內容其實並不多。

故事總是從經紀公司展開（雖然今後可能會有例外），不光是為了讓故事更好懂，也是為了減少改編成動畫時需要進行的設定（以電視劇來說，就跟「把布景拿來反覆利用」是一樣的道理）。

不過……因為玲依每次都會前往不同的世界，先不論跟日本大致相同的平行世界，那些異世界的設定工作應該會相當累人……當《奇諾の旅》第二次被改編成動畫時，工作人員就有跟我說過。

「奇諾每次都會前往不同的國家，設定很累人！」

這樣。

我還經常在故事裡描寫玲依或其他人唱歌的橋段，這是因為我想讓動畫也有許多唱歌的橋段。

你們不覺得讓動畫裡的角色唱歌是一件很開心的事嗎？至少我會覺得很開心。當《刀劍神域外傳 Gun Gale Online》改編成動畫的時候，製作組讓故事裡的歌手神崎艾莎唱了許多歌曲，真的讓我非常開心（演唱者是現在非常活躍的ReoNa小姐）。

等改編成動畫之後，我也想讓玲依唱許多歌曲。

所以——

我會盡全力等待《玲依的世界》動畫改編提案。我二話不說就會答應。我會事先準備好乾脆到不行的回答，而且速度快得讓兩句話聽起來像只有一句。

如果可以，希望看到這裡的各位讀者試著熱切祈禱改編動畫。大家也請幻想一下，該由哪些聲優來幫這些角色配音。

此外，動畫相關人士——

「不，這部作品要改編成動畫可不容易喔。」

如果各位對這部作品抱有這種直言不諱的意見，而且願意把這種看法悄悄藏在心底，時雨沢會非常感激。

事情就是這樣，我是熱切談論夢想與野心的時雨沢。

那就讓我們在第三集的後記再會吧。

2021年8月　時雨沢惠一

這女孩頭上的這線條
真是太難畫了。
因為只要換個角度，
輪廓看起來
就會變得很奇怪，
根據不同的角度，
我在畫她的瀏海時
傾斜度也會調整。
KUROK

刀劍神域外傳GGO 1~12 待續

作者：時雨沢惠一　插畫：黑星紅白

蓮能順利跟伙伴會合，帶領他們贏得SJ5的冠軍嗎？

蓮在濃霧當中偶然遇見帶領ZEMAL於第四屆SJ獲得冠軍的謎樣玩家：碧碧之後，決定暫時跟她攜手合作來撐過死鬥。在勁敵老大與大衛也加入之後，好不容易才湊齊了陣容，這時使用槍榴彈發射器的不可次郎出現，毫不留情地射殺了碧碧的隊友……

各 NT$220~350/HK$73~117

奇諾の旅 I~XXIII 待續

作者：時雨沢恵一　插畫：黑星紅白

那國家有口大箱子，許多國民在裡面沉眠!?
銷售高達820萬本的輕小說界不朽名作！

「妳說那只箱子嗎？那是守護我們永遠生命的東西啊！」看似不到二十歲的入境審查官對奇諾如此說明：「在那裡，有許多國民們沉眠著！」「沉眠著……？」奇諾將頭歪向一邊表達不解。「那裡可不是墓地喔！大家都還活著！只不過──」

各 **NT$180~260/HK$50~78**

奇招百出的維多利亞 1~2 待續

作者：守雨　插畫：藤実なんな

前頂尖諜報員組織幸福家庭的五年後
破解小說密碼的她展開尋寶大冒險！

維多利亞曾是頂尖諜報員，在她收留了小女孩諾娜並找回真正的人生後，五年過去了。結束瀋國的研究工作後，維多利亞一家返回艾許伯里王國。某一天她發現一本冒險小說《失落的王冠》的珍本，並以天賦輕鬆解開小說中隱藏的神祕密碼……

各 **NT$240~260/HK$80~87**

明日，裸足前來。 1~2 待續

作者：岬鷺宮　插畫：Hiten

讓高中生活重新來過，試著阻止二斗失蹤。
青春×穿越時空，渴求好友關係的第二集！

五十嵐萌寧做出不再依賴好友的「放下二斗」宣言。我也為此提供協助，與她一起找出興趣。經營IG、玩五人制足球，甚至幫她交男朋友？另一方面，二斗在新曲推出後爆紅，順利在藝術家之路向前邁進。然而，這意味著第一輪發生的大事件將近……

各 **NT$240/HK$80**

間諜教室 1～9 待續

作者：竹町　插畫：トマリ

即使本小姐變得愈來愈壞，
大哥還是願意喜歡我嗎？

結束在芬德聯邦的激戰之後，克勞斯對在離島享受假期的少女們下達「在假期結束的前一天之前，全員不得集合」的神祕指令。當再次集合的日子來臨——安妮特卻沒有現身。拼湊分散行動的這十三天來的記憶，少女們動身尋找消失同伴的下落……

各 **NT$220~250/HK$73~83**

非人學生與厭世教師 1 待續

作者：来栖夏芽　插畫：泉彩

討厭人類的教師與充滿魅力的非人少女們，
熱鬧的校園劇現正開幕！

　　年近三十的尼特，人間零打算到大自然圍繞的山中學校以悠哉的教師生活復健，結果那裡竟是教育非人種族成為人類的女校？這並非異世界奇幻篇章，也不是重啟人生的轉生冒險，只是平凡教師在有點奇特的學校與幾個目標成為人類的非人少女們相處的故事。

NT$250/HK$83

國家圖書館出版品預行編目資料

玲依的世界-Re:I- : Another World Tour / 時雨沢惠一作 ; 廖文斌譯. -- 初版. -- 臺北市 : 臺灣角川股份有限公司, 2023.12-

冊 ; 公分. -- (Kadokawa fantastic novels)

譯自 : レイの世界─Re : I─. 2, Another World Tour

ISBN 978-626-378-296-9(第2冊 : 平裝)

861.57 112017393

Kadokawa
Fantastic
Novels

玲依的世界 —Re:I— 2
Another World Tour

（原著名：レイの世界 —Re:I— 2 Another World Tour）

2023年12月13日　初版第1刷發行

作　者：時雨沢惠一
插　畫：黑星紅白
譯　者：廖文斌

發行人：岩崎剛人
總編輯：蔡佩芬
編　輯：孫千棻
美術設計：宋芳茹
印　務：李明修（主任）、張加恩（主任）、張凱棋

發行所：台灣角川股份有限公司
地　址：104台北市中山區松江路223號3樓
電　話：（02）2515-3000
傳　真：（02）2515-0033
網　址：www.kadokawa.com.tw
劃撥帳戶：台灣角川股份有限公司
劃撥帳號：19487412
法律顧問：有澤法律事務所
製　版：巨茂科技印刷有限公司
ＩＳＢＮ：978-626-378-296-9
